佛佛道道

佛佛道道

許地山 周作人 豐子愷 等
陳平原 編

CityU
香港城市大學出版社
City University of Hong Kong Press

項目統籌　　陳小歡
實習編輯　　蔡潔玲（香港城市大學創意媒體學院三年級）
書籍設計　　蕭慧敏

國際統一書號：978-962-937-383-2

出版

香港城市大學出版社
香港九龍達之路
香港城市大學
網址：www.cityu.edu.hk/upress
電郵：upress@cityu.edu.hk

Buddhism and Taoism
(in traditional Chinese characters)

ISBN: 978-962-937-383-2

Published by

City University of Hong Kong Press
Tat Chee Avenue
Kowloon, Hong Kong
Website: www.cityu.edu.hk/upress
E-mail: upress@cityu.edu.hk

Printed in Hong Kong

目錄

編輯說明

本「課堂外的讀本」系列由陳平原、錢理群、黃子平教授分別編選。

為了尊重原作，除了個別標點及明顯的排印錯誤外，本叢書的一些習慣用法及其措辭均依舊原文排印，其中個別不符合當下習慣者，請讀者諒解。

收聽有聲書方法

本書每篇文章均提供免費錄音，讀者可選擇以下其中一種方法收聽：

方法一： 以智能手機掃描文章右上角之二維碼（QR code），即可收聽該篇文章之錄音。

方法二： 登入 Youtube.com 網站：

i. 搜尋"CityUPressHK"；

ii. 然後點擊 CityUPressHK 頻道；

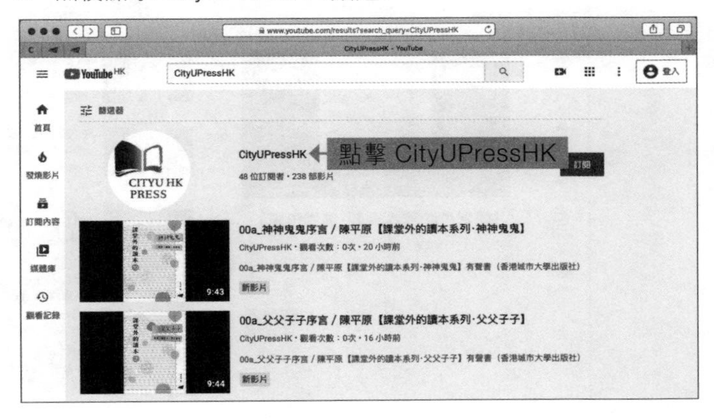

iii. 進入 CityUPressHK 頻道後，點擊「播放清單」，然後選擇【課堂外的讀本系列•佛佛道道】，收聽有關文章的錄音。

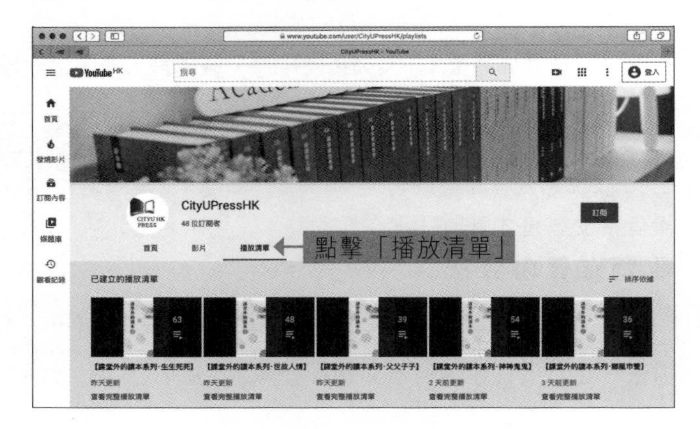

方法三： 直接登入【課堂外的讀本系列•佛佛道道】播放清單網頁：

https://www.youtube.com/watch?v=1aYoDwDd_I4&list=PL7Jm9R068Z3swtBnGJtpaLtSUcq1erh3U

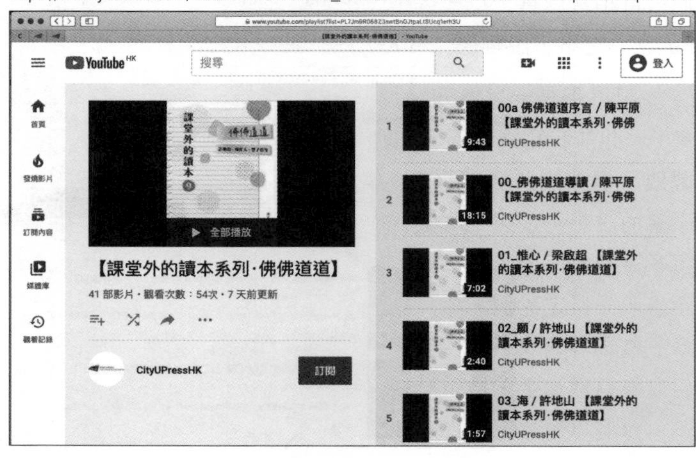

序言

陳平原

據說，分專題編散文集我們是始作俑者，而且這一思路目前頗能為讀者接受，這才真叫「無心插柳柳成蔭」。當初編這套叢書時，考慮的是我們自己的趣味，能否暢銷是出版社的事，我們不管。並非故示清高或推卸責任，因為這對我們來說純屬「玩票」，不靠它賺名聲，也不靠它發財。說來好玩，最初的設想只是希望有一套文章好讀、裝幀好看的小書，可以送朋友，也可以擱在書架上。如今書出得很多，可真叫人看一眼就喜歡，願把它放在自己的書架上隨時欣賞把玩的卻極少。好文章難得，不敢說「野無遺賢」，也不敢說入選者皆「字字珠璣」，只能說我們選得相當認真，也大致體現了我們對二十世紀中國散文的某些想法。「選家」之事，說難就難，說易就易，這點如魚飲水，冷暖自知。

記得那是一九八八年春天，人民文學出版社約我編《林語堂散文集》。此前我寫過幾篇關於林氏的研究文章，編起來很容易，可就是沒興致。偶然說起我們對二十世紀中國散文的看法，以及分專題編一套小書的設想，沒想到出版社很欣賞。這樣，一九八八年暑假，錢理群、黃子平和我三人，又重新合作，大熱天悶在老錢那間十平方米的小屋裏讀書，先擬定體例，劃分專題，再分頭選文；讀到出乎意料之外的好文章，當即「奇文共欣賞」；不過也淘汰了大批徒有虛名的「名作」。開始以為遍地黃金，撿不勝撿；可沙裏淘金一番，才知道好文章實在並不多，每個專題才選了那麼幾萬字，根本不夠原定的字數。開學以後又泡圖書館，又翻舊期刊，到一九八九年春天才初步編好。接着就是撰寫各書的導讀，不想隨意敷衍幾句，希望能體現我們的趣味和追求，而這又是頗費斟酌的事。一開始是「玩票」，越做越認真，變成撰寫二十世紀中國散文史的準備工作。只是因為突然的變故，這套小書的誕生小有周折。

對於我們三人來説，這遲到的禮物，最大的意義是紀念當初那愉快的學術對話。就為了編這幾本小書，居然「大動干戈」，臉紅耳赤了好幾回，實在不夠灑脱。現在回想起來，確實有點好笑。總有人問，你們三個弄了大半天，就編了這幾本小書，值得嗎？我也説不清。似乎做學問有時也得講興致，不能老是計算「成本」和「利潤」。唯一有點遺憾的是，書出得不如以前想像的那麼好看。

這套小書最表面的特徵是選文廣泛和突出文化意味，而其根本則是我們對「散文」的獨特理解。從章太炎、梁啟超一直選到汪曾祺、賈平凹，這自然是與我們提出的「二十世紀中國文學」概念密切相關。之所以選入部分清末民初半文半白甚至純粹文言的文章，目的是借此凸現二十世紀中國散文與傳統散文的聯繫。魯迅説五四文學發展中「散文小品的成功，幾乎在小説戲曲和詩歌之上」（〈小品文的危機〉），原因大概是散文小品穩中求變，守舊出新，更多得到傳統文學的滋養。周作人突出明末公安派文學與新文學的精神聯繫（〈雜拌兒跋〉和《中國新文學的源流》），反對將五四文學視為歐美文學的移植，這點很有見地。但如以散文為例，單講輸入的速寫（sketch）、隨筆（essay）和「阜利通」（feuilleton）[1] 固然不夠，再搭上明末小品的影響也還不夠；魏晉的清談、唐末的雜文、宋人的語錄，還有唐宋八大家乃至「桐城謬種選學妖孽」，都曾在本世紀的中國散文中產生過遙遠而深沉的回音。

面對這一古老而又生機勃勃的文體，學者們似乎有點手足無措。五四時輸出「美文」的概念，目的是想證明用白話文也能寫出好文章。可「美文」概念很容易被理解為只能寫景和抒情；雖然由於魯迅雜文的成就，政治批評和文學批評的短文，也被劃入散文的範圍，卻總歸不是嫡系。世人心目中的散文，似乎只能是風花雪月加上悲歡離合，還有一連串莫名其妙的比喻和形容詞，甜得發膩，或者借用徐志摩的話：「濃得化不開」。至於學者式重知識重趣味的疏淡的閒話，有點苦澀，有點清幽，雖不大容易為入世未深的青年所欣賞，卻更得中國古代散文的神韻。不只是逃避過分華麗的辭藻，也不只是落筆時的自然大方，這種雅致與瀟灑，更多的是一種心態、一種學養，一種無以名之但確能體會到的「文化味」。比起小説、詩歌、戲劇，散文更講渾然天成，更難造假與敷衍，更依賴於作者的才情、悟性與意趣——因其「技術性」不強，很容易寫，但很難寫好，這是一種「看似容易成卻難」的文體。

---

1. 阜利通：英文 feuilleton 的音譯，指短篇小品文。

選擇一批有文化意味而又妙趣橫生的散文分專題彙編成冊，一方面是讓讀者體會到「文化」不僅凝聚在高文典冊上，而且滲透在日常生活中，落實為你所熟悉的一種情感，一種心態，一種習俗，一種生活方式；另一方面則是希望借此改變世人對散文的偏見。讓讀者自己品味這些很少「寫景」也不怎麼「抒情」的「閒話」，遠比給出一個我們認為準確的「散文」定義更有價值。

當然，這只是對二十世紀中國散文的一種讀法，完全可以有另外的眼光、另外的讀法。在很多場合，沉默本身比開口更有力量，空白也比文字更能説明問題。細心的讀者不難發現我們淘汰了不少名家名作，這可能會引起不少人的好奇和憤怒。無意故作驚人之語，只不過是忠實於自己的眼光和趣味，再加上「漫説文化」這一特殊視角。不敢保證好文章都能入選，只是入選者必須是好文章，因為這畢竟不是以藝術成就高低為唯一取捨標準的散文選。希望讀者能接受這有個性有鋒芒因而也就可能有偏見的「漫説文化」。

一九九二年九月八日於北大

導讀

陳平原

一

要談中國人的宗教意識，當然必須佛、道並舉。可有趣的是，在二十世紀的中國，談佛教的散文小品甚多，而談道教的則少得可憐。儘管放寬了尺度，仍然所得無幾。弘法的不説，單是寫宗教徒的，前者有追憶八指頭陀、曼殊法師和弘一法師的若干好文章，後者則空空如也。二十世紀的中國文人何其厚佛而薄道！

或許這裏得從晚清的佛學復興説起。真正對整個思想文化界起影響的，不是楊文會等佛學家的傳道，而是康有為、梁啟超、譚嗣同、章太炎等政治家的「以己意進退佛學」。提倡學佛是為了「去畏死心」、「去拜金心」，創造「捨身救世」、「震動奮厲而雄強剛猛」的新民，並尋求自我解放，獲得大解脱大自在大無畏的絕對自由。用章太炎的話來概括就是：「要用宗教發起信心，增進國民的道德。」佛教救國論對「五四」作家有很大影響，魯迅、周作人等人批判儒家，也批判道教，可就是不批判佛教，甚至頗有喜讀佛經者。一方面是以佛學反正統觀念，一方面是借佛學理解西方思想（如自由、平等、博愛）。儘管此後很多政治家、文學家自認找到新的更有效的思想武器，可對佛學仍甚有感情。

相比起來，道教的命運可就慘多了。在二十世紀中國的思想文化界，道教幾乎從來沒有出過風頭。二三十年代魯迅、許地山、周作人曾分別從思想史、宗教史、文學史角度，論證道教對中國人性格和中國文化發展趨向的深刻影響，也只不過是持批判的態度。魯迅〈小雜感〉中有段話常為研究者所引用：「人往往憎和尚，憎尼姑，憎回教徒，憎耶教徒，而不憎道士。懂得此理者，懂得中國大半。」至於何以中國人不憎道士而憎惡其他宗教徒，魯迅並沒展開論述。不過從二三十年代作家們的隻言片語中，大體可猜出其中奧秘。首先，道教是真正的中國特產，影響於下層人民遠比佛教大。老百姓往往是佛道不分，以道解佛，而民間的神仙、禁忌也多與道教相關。其次，佛教、耶教都有相當完整且嚴謹的理論體系，道教的理論則顯得零散而不完整，且含更多迷信色彩。再次，佛教徒講齋戒、講苦行、不近女色，而道教徒雖也講虛靜，但更講採陰補陽、長生不老。如此不講苦行的理論，自然容易獲得中國一般老百姓的歡迎。最後，佛教講求捨身求法，普渡眾生，而道教講白日飛升，追求自己長生，未免顯得更重實利。如此分辨佛道，不見得精確；可對於揭露國民劣根性並致力於改造國民靈魂的這一代作家來説，抓住道教做文章確是用心良苦的。

只是這麼一來，道教也就與二十世紀中國的散文小品基本無緣了，這未免有點可惜。對於道教，二三十年代有過正襟危坐的學術論文，也有過熱諷冷嘲的片紙隻字，可就缺少雍容自如的散文小品。至於五十年代以後，宗教幾成「瘟疫」，避之唯恐不及，作家們哪裏還有雅興談佛説道？奇怪的是，近年學術界為宗教「平反」，作家們何以還是多談佛而少論道？或許，隨着氣功的重新崛起，道教將重返文壇也未可知。只是在本選集中，道教明顯處於劣勢。

二

文人學佛與和尚學佛着眼點自是不同，沒有那麼多「理解的執行，不理解的也執行」的盲信，而更喜歡刨根問底探虛實。單是嘲笑和尚不守教規出乖露醜，那説明不了任何問題。無論何時何地何宗何派，總有濫竽充數的「吃教者」，非獨佛教然。何況佛家對此頗有自覺，《梵網經》即云：「如獅子身中蟲，自食獅子肉，非餘外蟲。如是，佛子自破佛法，非外道天魔能破壞。」佛子流品不一，可這無礙於佛法之如日中天普照人間。唐宋以來，小説、戲曲中嘲弄和尚的作品多矣，可文人讀佛的熱情並未消退，理由是「信佛不信僧」。這並非罵盡天下和尚，而是強調佛教作為一種理論體系的獨立價值。如此讀佛，方能見出佛教的偉大處。

許地山用詩一般的語言表達佛家的根本精神「慈悲」：「我願你作無邊寶華蓋，能普蔭一切世間諸有情。」（〈願〉）豐子愷則明確表示鄙視那些同佛做買賣，靠念佛祈求一己幸福的「信徒」，理由是「真正信佛，應該理解佛陀四大皆空之義，而摒除私利；應該體會佛陀的物我一體，廣大慈悲之心，而護愛群生」（〈佛無靈〉）。〈大智度論〉稱「大慈與一切眾生樂，大悲撥一切眾生苦」，這一佛教的真精神並非為所有學人所接受，起碼批評佛教為消極出世者就不這麼看。而在弘一法師看來，佛教「不唯非消極，乃是積極中之積極者」，因為大乘佛法皆說空與不空兩方面，「不空」為救世，「空」為忘我（〈佛法十論略釋〉）。曼殊法師一九一三年為配合革命黨人二次革命而發表的《討袁宣言》，以及弘一法師抗日戰爭中提出的口號「念佛必須救國，救國不忘念佛」，即可作為佛教徒「不空」的例證。你可以懷疑「念佛救國」的實際效果，卻不應該指責其「消極出世」。當然，佛教徒追求的本來就是一種精神價值，最多也不過是欲挽救今日之世道人心，不可能有什麼「立竿見影」般的實際效果。

俗人中善讀佛經的莫過於周作人了。這裏除了學識與洞察力外，更主要的是一種寬容的心態和尋求理解的願望。在常人看來，佛教的戒律無疑是繁瑣而又枯燥無味，連大小便和劈柴吐口水都有如此詳細的規定；而周作人則從中讀出佛教的偉大精神：所有的規定都合於人情物理。最能體現這一點的莫過於「莫令余人得惱」六個字（〈讀戒律〉）。至於最容易引起誤解的齋戒，周作人也從《梵網經》中得到啟示：「我以為菜食是為了不食肉，不食肉是為了不殺生，這是對的，再說為什麼不殺生，那麼這個解釋我想還是說不欲斷大慈悲佛性種子最為得體，別的總説得支離。」(〈吃菜〉)這一點豐子愷的見解與周作人最為相近,儘管豐本人是曾作《護生畫集》的居士,且因生理原因而吃素。「我的護生之旨是護心,不殺螞蟻非為愛惜螞蟻之命,乃為愛護自己的心,使勿養成殘忍。」(〈佛無靈〉)只要真能護心,吃素吃葷實為小事。若過分鑽牛角尖,只吃沒有雄雞交合而生的蛋,不養會吃老鼠的貓,那不只迂腐可笑,失卻佛學本旨,而且類推到底,非餓死不可,因植物也有生命。民初作家程善之就寫過一篇題為《自殺》的小説,寫接受近代科學知識的佛教徒因了悟水中佈滿微生物,為不殺生只好自殺。

談到佛教,總讓人很自然聯想起古寺和鐘聲。比起和尚來,古寺鐘聲似乎更接近佛學精義。文人可能嘲諷專吃菩薩飯的大小和尚,可對橫亘千年迴蕩寰宇的古寺鐘聲卻不能不肅然起敬。徐志摩驚嘆:「多奇異的力量!多奧妙的啟示!包容一切衝突性的現象,擴大霎那間的視域,這單純的音響,於我是一種智靈的洗淨。」(〈天目山中筆記〉)如果嫌徐氏的感慨過於空泛,那麼請讀汪曾祺記承天寺的〈幽冥鐘〉。幽冥鐘是專門為難產血崩死去的婦人而撞的,「鐘聲撞出一個圓環,一個淡金色的光圈。地獄裏受難的女鬼看見光了。她們的臉上現出了歡喜。」並非所有的鐘都如承天寺的幽冥鐘,乃「女性的鐘,母親的鐘」;可鐘聲似乎溝通了人間與地獄、實在與虛無、安生與超越,比起有字的經書來更有感召力。

三

僧人流品不一，有可敬也有不可敬。最為世人所詬病的「專吃菩薩飯」的和尚，其實也壞不到哪裏去。就看你怎麼理解宗教徒了。蘇曼殊的不僧不俗亦僧亦俗至今仍為人所稱羨，不只是其浪漫天性，其詩才，更因其對宗教的特殊理解。至於龍師父這樣「剃光頭皮的俗人」，一經魯迅描述，也並不惡俗，反因其富有人情味而顯得有點可愛（〈我的第一個師父〉）。寫和尚而不突出渲染色空觀念，卻着意表現其世俗趣味（首先是人，其次才是宗教徒），這種創作傾向貫串於廢名的《火神廟的和尚》、老舍的《正紅旗下》和汪曾祺的《受戒》等一系列小說。這種既非高僧也非惡和尚的普通僧人的出現，使得二十世紀中國作家對人性、對宗教的本質有了進一步的了解。只可惜好多作家轉而拜倒在弗洛伊德門下，一門心思發掘僧人的性變態，這又未免淺俗了些。

有趣的是，圍繞着一代高僧弘一法師，出現了一批很精彩的散文。一般來說，高僧不好寫，或則因過分崇拜而神化，或則因不了解而隔靴搔癢。作為現代話劇運動和藝術教育的先驅，弘一法師披剃入山前有不少文藝界的朋友，而且俗聖生活的距離，並沒有完全切斷他們之間的聯繫。弘一法師可以說是二十世紀中國最為文人所了解的僧人，這就難怪幾十年來關於弘一法師的紀念文章層出不窮，且不少甚為可讀。

五四新文學作家中具有「隱逸性」的遠不只廢名、許地山、夏丏尊、豐子愷等三五人；周作人《五十自壽詩》引起的一大批「袈裟」，並非只是逢場作戲。俞平伯《古槐夢遇》中有這麼一句妙語：「不可不有要做和尚的念頭，但不可以真去做和尚。」亦處亦出、亦僧亦俗的生活態度，既為中國文人所欣賞，又為中國文人所譏笑——譏笑其中明顯的矯情。一九三六年郁達夫拜訪弘一法師後，曾作詩表白自己矛盾的心態：「中年亦具逃禪意，兩道何周割未能。」對照其小説，郁達夫並沒有説謊。而據豐子愷稱，夏丏尊十分讚賞李叔同（弘一法師）的行大丈夫事，只因種種塵緣牽阻，未能步其後塵，一生憂愁苦悶皆源於此（〈悼夏丏尊先生〉）。也就是説，弘一法師以其一貫的認真決絕態度，把文人潛藏的隱逸性推到極端，拋棄不僧不俗的把戲，完全割斷塵緣皈依我佛。就像俞平伯所説的，「假如真要做和尚，就得做比和尚更和尚的和尚」（《古槐夢遇》）。這一點令作家們感到震驚和慚愧。因而不管是否信仰佛教，他們對弘一法師學佛的熱情和信念都表示尊重和敬畏。即使像柳亞子這樣以為「閉關謝塵網，吾意嫌消極」的革命詩人，也不能不為其「殉教應流血」的大雄大無畏所感動。

不見得真的理解弘一法師的佛學造詣，也不見得真的相信弘一法師弘揚律宗的價值，作家們主要是把他作為「真正的人」，一個學佛的朋友來看待的。弘一法師之所以值得尊敬，不在於他是否能救苦救難，而在於他找到了一種屬於自己的生活方式，嘗到了生活的別一番滋味。夏丏尊反對説弘一法師為了什麼崇高目的而苦行，「人家説他在受苦，我卻要説他是享樂」。在他，世間幾乎沒有不好的東西，就看你能否領略。「對於一切事物，不為因襲的成見所縛，都還他一個本來面目，如實觀照領略，這才是真解脱，真享樂。」（〈《子愷漫畫》序〉）而葉聖陶則從另一個角度來理解弘一法師的自然平靜如「春原上一株小樹」。不管信教與否，人生不就希望達到「春滿」「月圓」的境界嗎？弘一法師「一輩子『好好的活』了，到如今『好好的死』了，歡喜滿足，了無缺憾」（〈談弘一法師臨終偈語〉）。沒有實在的功績，也不講輝煌的著述，只是一句「華枝春滿，天心月圓」，這在世人看來未免不夠偉大，可這正是佛家的人生境界。學佛能進到這步田地，方才不辜負「悲欣交集」數十載。

一九八九年四月十七日於暢春園

唯心

梁啟超

境者，心造也。一切物境皆虛幻，唯心所造之境為真實。同一月夜也，瓊筵羽觴，清歌妙舞，繡簾半開，素手相攜，則有餘樂；勞人思婦，對影獨坐，促織鳴壁，楓葉繞船，則有餘悲。同一風雨也，三兩知己，圍爐茅屋，談今道古，飲酒擊劍，則有餘興；獨客遠行，馬頭郎當，峭寒侵肌，流潦妨轂，則有餘悶。「月上柳梢頭，人約黃昏後」，與「杜宇聲聲不忍聞，欲黃昏，雨打梨花深閉門」，同一黃昏也，而一為歡憨，一為愁慘，其境絕異。「桃花流水杳然去，別有天地非人間」，與「人面不知何處去，桃花依舊笑春風」，同一桃花也，而一為清淨，一為愛戀，其境絕異。「舳艫千里，旌旗蔽空，釃酒臨江，橫槊賦詩」，與「潯陽江頭夜送客，楓葉荻花秋瑟瑟。主人下馬客在船，舉酒欲飲無管弦」，同一江也，同一舟也，同一酒也，而一為雄壯，一為冷落，其境絕異。然則天下豈有物境哉？但有心境而已。戴綠眼鏡者所見物一切皆綠，戴黃眼鏡者所見物一切皆黃；口含黃連者所食物一切皆苦，口含蜜飴者所食物一切皆甜。一切物果綠耶？果黃耶？果苦耶？果甜耶？一切物非綠、非黃、非苦、非甜；一切物亦綠、亦黃、亦苦、亦甜；一切物即綠、即黃、即苦、即甜。然則綠也、黃也、苦心、甜也，其分別不在物，而在我，故曰：三界唯心。

有二僧因風颺刹幡，相與對論。一僧曰風動，一僧曰幡動，往復辨難無所決。六祖大師曰：「非風動，非幡動，仁者心自動。」任公曰：「三界唯心之真理」，此一語道破矣。天地間之物一而萬、萬而一者也。山自山，川自川，春自春，秋自秋，風自風，月自月，花自花，鳥自鳥，萬古不變，天地不同。然有百人於此，同受此山、此川、此春、此秋、此風、此月、此花、此鳥之感觸，而其心境所現者百焉；千人同受此感觸，而其心境所現者千焉；億萬人乃至無量數人同受此感觸，而其心境所現者億萬焉，乃至無量數焉。然則欲言物境之果為何狀，將誰氏之從乎？仁者見之謂之仁，智者見之謂之智，憂者見之謂之憂，樂者見之謂之樂，吾之所見者，即吾所受之境之真實相也。故曰：「唯心所造之境為真實。」

然則欲講養心之學者，可以知所從事矣。三家村學究得一第，則驚喜失度，自世冑子弟視之何有焉？乞兒獲百金於路，則挾持以驕人，自富豪家視之何有焉？飛彈掠面而過，常人變色，自百戰老將視之何有焉？一簞食、一瓢飲，在陋巷，人不堪其憂，自有道之士視之何有焉？天下之境，無一非可樂、可憂、可驚、可喜者；實無一可樂，可憂，可驚、可喜者。樂之、憂之、驚之、喜之，全在人心。所謂天下本無事，庸人自擾之。境則一也，而我忽然而樂，忽然而憂，無端而驚，無端而喜，果胡為者？如蠅見紙窗而競鑽，如貓捕樹影而跳擲，如犬聞風聲而狂吠，擾擾焉送一生於驚喜憂樂之中，果胡為者？若是者謂之知有物而不知有我。知有物而不知有我，謂之我為物役，亦名曰：「心中之奴隸。」

是以豪傑之士，無大驚，無大喜，無大苦，無大樂，無大憂，無大懼。其所以能如此者，豈有他術哉？亦明三界唯心之真理而已，除心中之奴隸而已。苟知此義，則人人皆可以為豪傑。

（選自《飲冰室自由書》，《飲冰室合集・專集》第 2 冊，北京：中華書局，1936 年）

願

許地山

南普陀寺裏底大石，雨後稍微覺得乾淨，不過綠苔多長一些，天涯底淡霞好像給我們一個天晴的信。樹林裏底虹氣，被陽光分成七色。樹上，雄蟲求雌的聲，淒涼得使人不忍聽下去。妻子坐在石上，見我來，就問：「你從哪裏來？我等你許久了。」

「我領着孩子們到海邊撿貝殼咧。阿瓊撿着一個破貝，雖不完全，裏面卻像藏着珠子的樣子。等他來到，我叫他拿出來給你看一看。」

「在這樹蔭底下坐着，真舒服呀！我們天天到這裏來，多麼好呢！」

妻說：「你哪裏能夠……」

「為什麼不能？」

「你應當作蔭，不應當受蔭。」

「你願我作這樣的蔭麼？」

「這樣的蔭算什麼！我願你作無邊寶華蓋，能普蔭一切世間諸有情；願你為如意淨明珠，能普照一切世間諸有情；願你為降魔金剛杵，能破壞一切世間諸障礙；願你為多寶盂蘭盆，能盛百味，滋養一切世間諸飢渴者；願你有六手、十二手、百手、千萬手，無量數那由他如意手，能成全一切世間等等美善事。」

我說:「極善，極妙！但我願做調味底精鹽，滲入等等食品中，把自己底形骸融散，且回復當時在海裏底面目，使一切有情得嘗鹹味，而不見鹽體。」

妻子說：「只有調味，就能使一切有情都滿足嗎？」

我說：「鹽底功用，若只在調味，那就不配稱為鹽了。」

（選自《許地山選集》，北京：人民文學出版社，1982 年）

海

許地山

我底朋友說：「人底自由和希望，一到海面就完全失掉了！因為我們太不上算，在這無涯浪中無從顯出我們有限的能力和意志。」

我說：「我們浮在這上面，眼前雖不能十分如意，但後來要遇着的，或者超乎我們底能力和意志之外。所以在一個風狂浪駭的海面上，不能準說我們要到什麼地方就可以達到什麼地方；我們只能把性命先保持住，隨着波濤顛來簸去便了。」

我們坐在一隻不如意的救生船裏，眼看着載我們到半海就毀壞的大船漸漸沉下去。

我底朋友說：「你看，那要載我們到目的地的船快要歇息去了！現在，在這茫茫的空海中，我們可沒有主意啦。」

幸而同船的人，心憂得很，沒有注意聽他底話。我把他底手搖了一下說：「朋友，這是你縱談的時候麼？你不幫着划槳麼？」

「划槳麼？這是容易的事。但要划到那裏去呢？」

我說：「在一切的海裏，遇着這樣的光景，誰也沒有帶着主意下來，誰也脫不了在上面泛來泛去。我們儘管划罷。」

（選自《許地山選集》，北京：人民文學出版社，1982 年）

頭髮

許地山

這村裏底大道今天忽然點綴了許多好看的樹葉，一直達到村外底麻栗林邊。村裏底人，男男女女都穿得很整齊，像舉行什麼大節期一樣，但六月間沒有重要的節期，婚禮也用不着這麼張羅，到底是為甚事？

那邊底男子們都唱着他們底歌，女子也都和着，我只靜靜地站在一邊看。

一隊兵押着一個壯年的比丘從大道那頭進前。村裏底人見他來了，歌唱得更大聲。婦人們都把頭髮披下來，爭着跪在道旁，把頭髮鋪在道中：從遠一望，直像整匹的黑練攤在那裏。那位比丘從容地從眾女人底頭髮上走過；後面底男子們都嚷着：「可讚美的孔雀旗呀！」

他們這一嚷就把我提醒了。這不是倡自治的孟法師入獄的日子嗎？我心裏這樣猜，趕到他離村裏底大道遠了，才轉過籬笆底西邊。剛一拐彎，便遇着一個少女摩着自己底頭髮，很懊惱地站在那裏。我問她說：「小姑娘，你站在此地，為你們底大師傷心麼？」

「固然，但是我還咒詛我底頭髮為什麼偏生短了，不能攤在地上，教大師腳下底塵土留下些少在上頭。你說今日村裏底眾女子，那一個不比我榮幸呢？」

「這有什麼榮幸？若你有心恭敬你底國土和你底大師就夠了。」

「咦！靜藏在心裏底恭敬是不夠的。」

「那麼，等他出獄的時候，你底頭髮就夠長了。」

女孩子聽了，非常喜歡，至於跳起來說：「得先生這一祝福，我底頭髮在那時定能比別人長些。多謝了！」

她跳着從籬笆對面的流連子園去了。我從西邊一直走，到那麻栗林邊。那裏底土很濕，大師底腳印和兵士底腳印在上頭印得很分明。

（選自《許地山選集》，北京：人民文學出版社，1982 年）

無奈

夏丏尊

在現制度之下，教師生活真不是一件有趣味的事。同業某友近撰了一副聯句，叫做：

命苦不如趁早死　家貧無奈作先生

憤激滑稽，令人同感，我所特別感得興味的是「無奈」二字，「無奈」是除此以外無別法的意思，這可有客觀的主觀的兩樣說法。造物要使我們死，我們無法逃避死神的降臨，這是主觀的「無奈」。慣吃黃酒的人遇到沒有黃酒的時候只好用白酒解癮，這是客觀的「無奈」；本來就喜歡吃白酒的人，非白酒不吃，只能吃白酒，這是主觀的「無奈」。

基督的上十字架出於「無奈」，釋迦的棄國出家也出於「無奈」，耐丁格爾「無奈」去親往戰場救護傷兵，列寧「無奈」而主張革命。啊！「無奈」——「主觀的無奈」的偉大啊！

「家貧」是「無奈」，「做先生」是「無奈」，都不足悲哀，所苦的只是這「無奈」的性質是客觀的而不是主觀的。我們的煩悶不自由在此，我們的藐小無價值也在此。

橫豎「無奈」了，與其畏縮煩悶的過日，何妨堂堂正正的奮鬥。用了「死罪犯人打仗」的態度，在絕望之中殺出一條希望的血路來！「煩惱即菩提」，把「無奈」從客觀的改為主觀的。所差只是心機一轉而已。這是我近來的感懷，質之某友以為何如？

（選自《春暉》第 36 期，1924 年 11 月 16 日）

漸

豐子愷

使人生圓滑進行的微妙的要素，莫如「漸」；造物主騙人的手段，也莫如「漸」。在不知不覺之中，天真爛漫的孩子「漸漸」變成野心勃勃的青年；慷慨豪俠的青年「漸漸」變成冷酷的成人；血氣旺盛的成人「漸漸」變成頑固的老頭子。因為其變更是漸進的，一年一年地、一月一月地、一日一日地、一時一時地、一分一分地、一秒一秒地漸進，猶如從斜度極緩的長遠的山坡上走下來，使人不察其遞降的痕跡，不見其各階段的境界，而似乎覺得常在同樣的地位，恆久不變，又無時不有生的意趣與價值，於是人生就被確實肯定，而圓滑進行了。假使人生的進行不像山坡而像風琴的鍵板，由 do 忽然移到 re，即如昨夜的孩子今朝忽然變成青年；或者像旋律的「接離進行」地由 do 忽然跳到 mi，即如朝為青年而夕暮忽成老人，人一定要驚訝、感慨、悲傷，或痛感人生的無常，而不樂為人了。故可知人生是由「漸」維持的。這在女人恐怕尤為必要：歌劇中，舞台上的如花的少女，就是將來火爐旁邊的老婆子，這句話，驟聽使人不能相信，少女也不肯承認，實則現在的老婆子都是由如花的少女「漸漸」變成的。

人之能堪受境遇的變衰，也全靠這「漸」的助力。巨富的紈袴子弟因屢次破產而「漸漸」蕩盡其家產，變成貧者；貧者只得做傭工，傭工往往變為奴隸，奴隸容易變為無賴，無賴與乞丐相去甚近，乞丐不妨做偷兒……這樣的例，在小說中，在實際上，均多得很。因為其變衰是延長為十年二十年而一步一步地「漸漸」地達到的，在本人不感到什麼強烈的刺激。故雖到了饑寒病苦刑笞交迫的地步，仍是熙熙然貪戀着目前的生的歡喜。假如一位千金之子忽然變了乞丐或偷兒，這人一定憤不欲生了。

這真是大自然的神秘的原則，造物主的微妙的工夫！陰陽潛移，春秋代序，以及物類的衰榮生殺，無不暗合於這法則。由萌芽的春「漸漸」變成綠陰的夏；由凋零的秋「漸漸」變成枯寂的冬。我們雖已經歷數十寒暑，但在圍爐擁衾的冬夜仍是難於想像飲冰揮扇的夏日的心情；反之亦然。然而由冬一天一天地、一時一時地、一分一分地、一秒一秒地移向夏，由夏一天一天地、一時一時地、一分一分地、一秒一秒地移向冬，其間實在沒有顯著的痕跡可尋。晝夜也是如此：傍晚坐在窗下看書，書頁上「漸漸」地黑起來，倘不斷地看下去（目力能因了光的漸弱而漸漸加強），幾乎永遠可以認識書頁上的字跡，即不覺晝之已變為夜。黎明憑窗，不瞬目地注視東天，也不辨自夜向晝的推移的痕跡。兒女漸漸長大起來，在朝夕相見的父母全不覺得，難得見面的遠親就相見不相識了。往年除夕，我們曾在紅蠟燭底下守候水仙花的開放，真是癡態！倘水仙花果真當面開放給我們看，便是大自然的原則的破壞，宇宙的根本的搖動，世界人類的末日臨到了！

「漸」的作用，就是用每步相差極微極緩的方法來隱蔽時間的過去與事物的變遷的痕跡，使人誤認其為恆久不變。這真是造物主騙人的一大詭計！這有一件比喻的故事：某農夫每天朝晨抱了犢而跳過一溝，到田裏去工作，夕暮又抱了它跳過溝回家。每日如此，未嘗間斷。過了一年，犢已漸大，漸重，差不多變成大牛，但農夫全不覺得，仍是抱了它跳溝。有一天他因事停止工作，次日再就不能抱了這牛而跳溝了。造物的騙人，使人留連於其每日每時的生的歡喜而不覺其變遷與辛苦，就是用這個方法的。人們每日在抱了日重一日的牛而跳溝，不准停止。自己誤以為是不變的，其實每日在增加其苦勞！

我覺得時辰鐘是人生的最好的象徵了。時辰鐘的針，正常一看總覺得是「不動」的;其實人造物中最常動的無過於時辰鐘的針了。日常生活中的人生也如此，刻刻覺得我是我，似乎這「我」永遠不變，實則與時辰鐘的針一樣的無常！一息尚存，總覺得我仍是我，我沒有變，還是留連着我的生，可憐受盡「漸」的欺騙！

「漸」的本質是「時間」。我覺得時間比空間更為不可思議，猶之時間藝術的音樂比空間藝術的繪畫更為神秘。因為空間姑且不追究它如何廣大或無限，我們總可以把握其一端，認定其一點。時間則全然無從把握，不可挽留，只有過去與未來在渺茫之中不絕地相追逐而已。性質上既已渺茫不可思議，分量上在人生也似乎太多。因為一般人對於時間的悟性，似乎只夠支配搭船乘車的短時間；對於百年的長期間的壽命，他們不能勝任，往往迷於局部而不能顧及全體。試看乘火車的旅客中，常有明達的人，有的寧犧牲暫時的安樂而讓其座位於老弱者，以求心的太平（或博暫時的美譽）；有的見眾人爭先下車，而退在後面，或高呼「勿要軋，總有得下去的！」「大家都要下去的！」然而在乘「社會」或「世界」的大火車的「人生」的長期的旅客中，就少有這樣的明達之人。所以我覺得百年的壽命，定得太長。像現在的世界上的人，倘定他們搭船乘車的期間的壽命，也許在人類社會上可減少許多兇險殘慘的爭鬥，而與火車中一樣的謙讓，和平，也未可知。

然人類中也有幾個能勝任百年的或千古的壽命的人。那是「大人格」，「大人生」。他們能不為「漸」所迷，不為造物所欺，而收縮無限的時間並空間於方寸的心中。故佛家能納須彌於芥子。中國古詩人（白居易）說：「蝸牛角上爭何事？石火光中寄此身。」英國詩人（Blake）也說：「一粒沙裏見世界，一朵花裏見天國；手掌裏盛住無限，一剎那便是永劫。」

一九二五年作

（選自《緣緣堂隨筆集》，杭州：浙江文藝出版社，1983 年）

家

豐子愷

從南京的朋友家裏回到南京的旅館裏，又從南京的旅館裏回到杭州的別寓裏，又從杭州的別寓裏回到石門灣的緣緣堂本宅裏，每次起一種感想，逐記如下。

當在南京的朋友家裏的時候，我很高興。因為主人是我的老朋友。我們在少年時代曾經共數晨夕。後來為生活而勞燕分飛，雖然大家形骸老了些，心情冷了些，態度板了些，說話空了些，然而心的底裏的一點靈火大家還保存着，常在談話之中互相露示。這使得我們的會晤異常親熱。加之主人的物質生活程度的高低同我的相彷彿，家庭設備也同我的相類似。我平日所需要的：一毛大洋一兩的茶葉，聽頭的大美麗香煙，有人供給開水的熱水壺，隨手可取的牙籤，適體的籐椅，光度恰好的小窗，他家裏都有，使我坐在他的書房裏感覺同坐在自己的書房裏相似。加之他的夫人善於招待，對於客人表示真誠的殷勤，而絕無優待的虐待。優待的虐待，是我在作客中常常受到而頂頂可怕的。例如拿了不到半寸長的火柴來為我點香煙，弄得大家倉皇失措，我的鬍鬚幾被燒去；把我所不歡喜吃的菜蔬堆在我的飯碗上，使我無法下箸；強奪我的飯碗去添飯，使我吃得停食；藏過我的行囊，使我不得告辭。這種招待，即使出於誠意，在我認為是逐客令，統稱之為優待的虐待。這回我所住的人家的夫人，全無此種惡習，但把不缺乏的香煙自來火放在你能自由取得的地方而並不用自來火燒你的鬍鬚；但把精緻的菜蔬擺在你能自由挾取的地方，飯桶擺在你能自由添取的地方，而並不勉強你吃；但在你告辭的時光表示誠意的挽留，而並不監禁。這在我認為是最誠意的優待。這使得我非常高興。英語稱勿客氣曰 at home[1]。我在這主人家裏作客，真同 at home 一樣，所以非常高興。

然而這究竟不是我的 home，飯後談了一會，我惦記起我的旅館來。我在旅館，可以自由行住坐臥，可以自由差使我的茶房，可以憑法幣之力而自由滿足我的要求。比較起受主人家款待的作客生活來，究竟更為自由。我在旅館要住四五天，比較起一飯就告別的作客生活來，究竟更為永久。因此，主人的書房的屋裏雖然佈置妥帖，主人的招待雖然殷勤周至，但在我總覺得不安心。所謂「涼亭雖好，不是久居之所」。飯後談了一會，我就告別回家。這所謂「家」，就是我的旅館。

當我從朋友家回到了旅館裏的時候，覺得很適意。因為這旅館在各點上是稱我心的。第一，它的價錢還便宜，沒有大規模的笨相，像形式醜惡而不適坐臥的紅木椅，花樣難看而火氣十足的銅牀，工本浩大而不合實用、不堪入目的工藝品，我統稱之為大規模的笨相。造出這種笨相來的人，頭腦和眼光很短小，而法幣很多。像暴發的富翁，無知的臣商，升官發財的軍閥，即是其例。要看這種笨相，可以訪問他們的家。我的旅館價既便宜，其設備當然不豐。即使也有笨相——像家具形式的醜惡，房間佈置的不妥，壁上裝飾的唐突，茶壺茶杯的不可愛——都是小規模的笨相，比較起大規模的笨相來，猶似五十步比百步，終究差好些，至少不使人感覺

1. 原意是「在自己家裏」，轉義是「無拘束」、「舒適自在」。

暴殄天物，冤哉枉也。第二，我的茶房很老實，我回旅館時不給我脱外衣，我洗面時不給我絞手巾，我吸香煙時不給我擦自來火，我叫他做事時不喊「是——是——」，這使我覺得很自由，起居生活同在家裏相差不多。因為我家裏也有這麼老實的一位男工，我就不妨把茶房當作自己的工人。第三，住在旅館裏沒有人招待，一切行動都隨我意。出門不必對人鞠躬説「再會」，歸來也沒有人同我寒暄。早晨起來不必向人道「早安」，晚上就寢的遲早也不受別人的牽累。在朋友家作客，雖然也很安樂，總不及住旅館的自由：看見他家裏的人，總得想出幾句話來説説，不好不去睬他。臉孔上即使不必硬作笑容，也總要裝得和悦一點，不好對他們板臉孔。板臉孔，好像是一種凶相。但我覺得是最自在最舒服的一種表情。我自己覺得，平日獨自閉居在家裏的房間裏讀書、寫作的時候，臉孔的表情總是嚴肅的，極難得有獨笑或獨樂的時光。若拿這種獨居時的表情移用在交際應酬的座上，別人一定當我有所不快，在板臉孔。據我推想，這一定不止我一人如此。最漂亮的交際家，巧言令色之徒，回到自己家裏，或房間裏，甚或眠牀裏，也許要用雙手揉一揉臉孔，恢復顏面上的表情筋肉的疲勞，然後板着臉孔皺着眉頭回想日間的事，考慮明日的戰略。可知無論何人，交際應酬中的臉孔多少總有些不自然，其表情筋肉多少總有些兒吃力。最自然，最舒服的，只有板着臉孔獨居的時候。所以，我在孤癖發作的時候，覺得住旅館比在朋友家作客更自在而舒服。

然而，旅館究竟不是我的家，住了幾天，我惦記起我杭州的別寓來。

在那裏有我自己的雜用器物，有我自己的書籍文具，還有我自己僱請着的工人。比較起借用旅館的器物，對付旅館的茶房來，究竟更為自由；比較起小住四五天就離去的旅館生活來，究竟更為永久。因此，我睡在旅館的眠牀上似覺有些浮動；坐在旅館的椅子上似覺有些不穩；用旅館的毛巾似覺有些隔膜。雖然這房間的主權完全屬我，我的心底裏總有些兒不安。住了四五天，我就算賬回家。這所謂家，就是我的別寓。

當我從南京的旅館回到了杭州的別寓裏的時候，覺得很自在。我年來在故鄉的家裏蟄居太久，環境看得厭了，趣味枯乏，心情鬱結。就到離家鄉還近而花樣較多的杭州來暫作一下寓公，借此改換環境，調節趣味。趣味，在我是生活上一種重要的養料，其重要幾近於麪包。別人都在為了獲得麪包而犧牲趣味，或者為了堆積法幣而抑制趣味。我現在幸而沒有走上這兩種行徑，還可省下半隻麪包來換得一點趣味。

因此，這寓所猶似我的第二的家。在這裏沒有作客時的拘束，也沒有住旅館時的不安心。我可以吩咐我的工人做點我所喜歡的家常素菜，夜飯時同放學歸來的一子一女共吃。我可以叫我的工人相幫我，把房間的佈置改過一下，新一新氣象。飯後睡前，我可以開一開蓄音機，聽聽新買來的幾張蓄音片。窗前燈下，我可以在自己的書桌上讀我所愛讀的書，寫我所願寫的稿。月底雖然也要付房錢，但價目遠不似旅館這麼貴，買賣式遠不及旅館這麼明顯。雖然也可以合算每天房錢幾角幾分。但因每月一付，相隔時間太長，住房子同付房錢就好像不相關聯的兩件事，或者房錢彷彿白付，而房子彷彿白住。因有此種種情形，我從旅館回到寓中覺得非常自然。

然而，寓所究竟不是我的本宅。每逢起了倦遊的心情的時候，我便惦記起故鄉的緣緣堂來。在那裏有我故鄉的環境，有我關切的親友，有我自己的房子，有我自己的書齋，有我手種的芭蕉、櫻桃和葡萄。比較起租別人的房子，使用簡單的器具來，究竟更為自由；比較起暫作借住，隨時可以解租的寓公生活來，究竟更為永久。我在寓中每逢要在房屋上略加裝修，就覺得要考慮；每逢要在庭中種些植物，也覺得不安心，因而思念起故鄉的家來。犧牲這些裝修和植物，倒還在其次；能否長久享用這些設備，卻是我所顧慮的。我睡在寓中的牀上雖然沒有感覺像旅館裏那樣浮動，坐在寓中的椅上雖然沒有感覺像旅館裏那樣不穩，但覺得這些家具在寓中只是擺在地板上的，沒有像家裏的東西那樣固定得同生根一般。這種倦遊的心情強盛起來，我就離寓返家。這所謂家，才是我的本宅。

當我從別寓回到了本宅的時候，覺得很安心。主人回來了，芭蕉鞠躬，櫻桃點頭，葡萄棚上特地飄下幾張葉子來表示歡迎。兩個小兒女跑來牽我的衣，老僕忙着打掃房間。老妻忙着燒素菜，故鄉的臭豆腐乾、故鄉的冬菜、故鄉的紅米飯。窗外有故鄉的天空，門外有打着石門灣土白的行人，這些行人差不多個個是認識的。還有各種商販的叫賣聲，這些叫賣聲在我統統是稔熟的。我彷彿從飄搖的舟中登上了陸，如今腳踏實地了。這裏是我的最自由、最永久的本宅，我的歸宿之處、我的家。我從寓中回到家中，覺得非常安心。

但到了夜深人靜，我躺在牀上回味上述的種種感想的時候，又不安心起來。我覺得這裏仍不是我的真的本宅，仍不是我的真的歸宿之處，仍不是我的真的家。四大的暫時結合而形成我這身體，無始以來種種因緣相湊合而使我誕生在這地方。偶然的呢？還是非偶然的？若是偶然的，我又何戀戀於這虛幻的身和地？若是非偶然的，誰是造物主呢？我須得尋着了他，向他那裏去找求我的真的本宅，真的歸宿之處，真的家。這樣一想，我現在是負着四大暫時結合的軀殼，而在無始以來種種因緣湊合而成的地方暫住，我是無「家」可歸的。既然無「家」可歸，就不妨到處為「家」。上述的屢次的不安心，都是我的妄念所生。想到那裏，我很安心地睡着了。

二十五年（一九三六年）十月二十八日

（選自《緣緣堂隨筆集》，杭州：浙江文藝出版社，1983 年）

吃教

魯迅

達一先生在《文統之夢》裏，因劉勰自謂夢隨孔子，乃始論文，而後來做了和尚，遂譏其「貽羞往聖」。其實是中國自南北朝以來，凡有文人學士，道士和尚，大抵以「無特操」為特色的。晉以來的名流，每一個人總有三種小玩意，一是《論語》和《孝經》，二是《老子》，三是《維摩詰經》，不但采作談資，並且常常做一點註解。唐有三教辯論，後來變成大家打諢；所謂名儒，做幾篇伽藍碑文也不算什麼大事。宋儒道貌岸然，而竊取禪師的語錄。清呢，去今不遠，我們還可以知道儒者的相信《太上感應篇》和《文昌帝君陰騭文》，並且會請和尚到家裏來拜懺。

耶穌教傳入中國，教徒自以為信教，而教外的小百姓卻都叫他們是「吃教」的。這兩個字，真是提出了教徒的「精神」，也可以包括大多數的儒釋道教之流的信者，也可以移用於許多「吃革命飯」的老英雄。

清朝人稱八股文為「敲門磚」，因為得到功名，就如打開了門，磚即無用。近年則有雜誌上的所謂「主張」。《現代評論》之出盤，不是為了迫壓，倒因為這派作者的飛騰；《新月》的冷落，是老社員都「爬」了上去，和月亮距離遠起來了。這種東西，我們為要和「敲門磚」區別，稱之為「上天梯」罷。

「教」之在中國，何嘗不如此。講革命，彼一時也；講忠孝，又一時也；跟大喇嘛打圈子，又一時也；造塔藏主義，又一時也。有宜於專吃的時代，則指歸應定於一尊，有宜合吃的時代，則諸教亦本非異致，不過一碟是全鴨，一碟是雜拌兒而已。劉勰亦然，蓋僅由「不撤薑食」一變而為吃齋，於胃臟裏的分量原無差別，何況以和尚而註《論語》、《孝經》或《老子》，也還是不失為一種「天經地義」呢？

（選自《魯迅全集》5 卷，北京：人民文學出版社，1981 年）

隱士

魯迅

隱士，歷來算是一個美名，但有時也當作一個笑柄。最顯著的，則有刺陳眉公的「翩然一隻雲中鶴，飛去飛來宰相衙」的詩，至今也還有人提及。我以為這是一種誤解。因為一方面，是「自視太高」，於是別方面也就「求之太高」，彼此「忘其所以」，不能「心照」，而又不能「不宣」，從此口舌也多起來了。

非隱士的心目中的隱士，是聲聞不彰，息影山林的人物。但這種人物，世間是不會知道的。一到掛上隱士的招牌，則即使他並不「飛去飛來」，也一定難免有些表白，張揚；或是他的幫閒們的開鑼喝道——隱士家裏也會有幫閒，説起來似乎不近情理，但一到招牌可以換飯的時候，那是立刻就有幫閒的，這叫作「啃招牌邊」。這一點，也頗為非隱士的人們所詬病，以為隱士身上而有油可揩，則隱士之闊綽可想了。其實這也是一種「求之太高」的誤解，和硬要有名的隱士，老死山林中者相同。凡是有名的隱士，他總是已經有了「悠哉遊哉，聊以卒歲」的幸福的。倘不然，朝砍柴，晝耕田，晚澆菜，夜織屨，又哪有吸煙品茗，吟詩作文的閒暇？陶淵明先生是我們中國赫赫有名的大隱，一名「田園詩人」，自然，他並不辦期刊，也趕不上吃「庚款」，然而他有奴子。漢晉時候的奴子，是不但侍候主人，並且給主人種地，營商的，正是生財器具。

所以雖是淵明先生，也還略略有些生財之道在，要不然，他老人家不但沒有酒喝，而且沒有飯吃，早已在東籬旁邊餓死了。

所以我們倘要看看隱君子風，實際上也只能看看這樣的隱君子，真的「隱君子」是沒法看到的。古今著作，足以汗牛而充棟，但我們可能找出樵夫漁父的著作來？他們的著作是砍柴和打魚。至於那些文士詩翁，自稱什麼釣徒樵子的，倒大抵是悠遊自得的封翁或公子，何嘗捏過釣竿或斧頭柄。要在他們身上賞鑑隱逸氣，我敢說，這只能怪自己糊塗。

登仕，是啖飯之道，歸隱，也是啖飯之道。假使無法啖飯，那就連「隱」也隱不成了。「飛去飛來」，正是因為要「隱」，也就是因為要啖飯；肩出「隱士」的招牌來，掛在「城市山林」裏，這就正是所謂「隱」，也就是啖飯之道。幫閒們或開鑼，或喝道，那是因為自己還不配「隱」，所以只好揩一點「隱」油，其實也還不外乎啖飯之道。漢唐以來，實際上是入仕並不算鄙，隱居也不算高，而且也不算窮，必須欲「隱」而不得，這才看作士人的末路。唐末有一位詩人左偃，自述他悲慘的境遇道：「謀隱謀官兩無成」，是用七個字道破了所謂「隱」的秘密的。

「謀隱」無成，才是淪落，可見「隱」總和享福有些相關，至少是不必十分掙扎謀生，頗有悠閒的餘裕。但讚頌悠閒，鼓吹煙茗，卻又是掙扎之一種，不過掙扎得隱藏一些。雖「隱」，也仍然要啖飯，所以招牌還是要油漆，要保護的。泰山崩，黃河溢，隱士們目無見，耳無聞，但苟有議及自己們或他的一夥的，則雖千里之外，半句之微，他便耳聰目明，奮袂而起，好像事件之大，遠勝於宇宙之滅亡者，也就為了這緣故。其實連和蒼蠅也何嘗有什麼相關。

明白這一點，對於所謂「隱士」也就毫不詫異了，心照不宣，彼此都省事。

（選自《魯迅全集》6卷，北京：人民文學出版社，1981年）

摩羅小品

唐弢

我於古籍之中，最歡喜的是詩詞二道。至於明人小品，除書簡與題跋外，覺得無甚可觀。此外便是翻閱筆記，往往驚異於禪宗的浸漬之深，讀後偶加摘錄，留供把玩，也似陶貞白所謂「止可自怡，不堪持贈」，並不預備發表的。這回抄錄幾條，公諸在寂寞裏的讀者，非敢破戒，亦只是一點以濕沫相濡的意思耳。是為序。

一

近來有人作文，說漢文學的傳統是儒家的思想，這說法，我覺得是頗為奇特的。據作者的解釋，漢文學就是中國文學，但「中國文學應當包含中國人所有各種文學活動，而漢文學則限於用漢文所寫的」。使我不解的是：用漢文所寫的漢文學的傳統思想，僅僅一個「儒」字，又怎麼能夠包含得盡呢？這大概不會是「王道」之類的回應吧！否則，我就大可不必饒舌了。

我希望它不是，但我又恐怕它竟是的。

由我看來，佛陀的對於漢文學的影響，並不弱於「孔子之徒」的儒家。唐的變文，宋、元以來的寶卷，明、清的小說裏對於和尚行為的張揚，已經說明了兩者之間的關係。當儒家死命地抱住文學的時候，釋迦的思想，早已深入社會，影響了人民的生活了。而生活又正是文學的泉源。

然則又如何洗得清這中間的羊臊氣。

二

袁中郎在《與徐冏卿書》裏論禪定說：

> 定果有效，其益無量。但不知所守者中黃耶？艮背耶？抑數息耶？夫定亦難，有出有入，非定也，故曰：「那伽常在定，無有不定時。」即出入亦定也，故曰：「恰恰用心時，恰恰無心用。」然定有大小，小定卻疾，中定卻老，大定則即疾是定，即老亦定，豔舞嬌歌，無處非定！

儒家崇實，所以平易，佛家近玄，所以虛奧。但在虛奧裏也一樣有平易：決不怪誕。故能俯臨眾生，視一切都博大，親切。這一點不但同於孔孟，而且也合乎黃老。

莊生不云乎：「道在矢溺」。

三

視一切都博大，親切。

(這要有一點註解。)

佛的心裏也有是非？有的；佛的心裏也有善惡？有的。那就也一定有愛憎。他愛是，愛善；憎非，憎惡；擁護的是正義，需要割斷的是束縛自由的繩索。

他因此也殺人。

因為他的心是一個天堂，同時也是一座地獄。

四

或人：是你造了天堂？

釋迦：是。

或人：是你造了地獄？

釋迦：是。

或人：「本來清淨，復還清淨」，你們不主張出世嗎？怎管得這許多人間俗事？

釋迦：(笑而不答)。

五

這是《大般涅槃經》裏的故事。

有一人家，來了一個相貌瑰麗的女子，自說能招致種種珍寶。主人很高興的把她留下了。隨後又來了一個形容醜陋的女子，自說能使一切衰耗、毀滅。主人生了氣，一定要把她逐出去。

那先來的女子說：這後來的是我的妹妹，我們必須住在一塊。那後來的女子說：這先來的是我的姊姊，我們從來不曾分離。

色空同觀，這大概就是所謂寂滅吧。

然而世間自有不滅者在，即使不是佛門善行，而也無背於佛的真諦。

六

《中吳紀聞》裏有這樣的一段：

> 宗本圓照禪師，乃福昌一飯頭，懵無所知，每飯熟，必禮數十拜，然後持以供僧。一日，忽大悟，恣口所言，皆經中語。自此見道甚明。後住靈岩、近山之人，遇夜則面其寢室拜之，侍僧以告，遂置大士像於前。人有飯僧者，必告之曰：「汝先養父母，次辦官租，如欲供僧，以有餘及之，徒眾在此，豈無望檀那之施！須先為其大者。」……

這故事有煙火氣，倘非捏造，卻是頗為可愛的。

七

我愛儒，然而唾棄「王道」；我愛老、莊，然而詛咒符籙；我愛佛陀，然而鄙夷僧尼的瑣屑。

我居眾生之上，卻並不出世。

釋迦，他俯臨宇宙，發大毫光，救一切苦難。你能說他的眼睛並不注視地面？

八

唐以後有所謂三教同源說，然而我不相信。

《鶴林玉露》裏說：

> 昔有僧折臂作偈云：大悲千眼並千手，大丈夫兒誰不有！老僧今日折一支，尚存九百九十九。《莊子》：魯有兀者叔山無趾，踵見仲尼，仲尼曰：「子不謹前，既患若是矣，雖今來，何及矣！」無趾曰：「吾唯不知務而輕用吾身，吾是以亡足；今吾來也，猶有尊足者存，吾是以務全之也。」尊足即此性也。僧偈正此意。佛本於老莊，於此尤信。

但我以為這不過是巧合。

《捫蝨新話》裏說：

> 予讀《僧寶傳》，見南昌潘延之，嘗與英邵武同遊西山，夜宿雙嶺，因語英曰：「龍潭見天皇時節，宜合孔子。」英曰：「子何以驗之？」曰：「聞龍潭在天皇座下日，久未蒙發藥，一日啟曰：『弟子服膺師問，非不盡心，卒未聞一言之賜，願丐慈悲！』天皇曰：『十二時中，何嘗不告汝！汝擎茶來，我為汝接；汝行食來，並為汝受；汝問訊，我舉手。負汝何事！』潭於言下有契。孔子曰：『二三子以我為隱乎？吾無隱乎爾，吾無行而不與二三子者！』是丘也。豈不然哉！」……

但我以為這不過是偶同。

《蒙齋筆談》裏説：

> 吾嘗謂古之至理，有不謀而冥契者，吾儒之言易，佛氏之言禪是也。夫世固有不可言而終不可免於言，吾儒不得已則命之曰易，以其運轉無窮而不可執也；佛氏不得已而命之曰禪，以其不傳而可以更相與也。達其不可執而眩其更相與者，禪與易豈二道哉！

但我以為這不過是拉扯。

九

有人説佛的主旨只有一個字：空，我以為有一點不空，那就是對真理的發掘。有人説儒的主旨也只有一個字：恕，我以為有一點不恕，那就是被壓迫者的對於壓迫者。

舉目四矚，無非都是鬥爭而已。

十

同源之外，還有同歸。這一點，清朝的李鳳岡闡揚得最起勁，所著《嶺雲軒瑣記》，幾乎都是這一方面的語錄。他以為孟子所説的「萬物皆備於我矣」，和釋典的「盡大地是個法王身」，毫無差別；子思子所説的「凡有血氣者，莫不尊親」，也和釋典的「一切眾生，我皆令入無餘涅槃而滅度之」一樣；在整個教義上，他更以為佛是要「去私除妄，見大光明，成無量功德」，正是孔子「克己，復禮，為仁」的意思。所以他說：

> 儒者之道，乃知人生有欲，而清淨無為之修，難以持世；釋氏之道，亦知人生有欲，而輪迴報應之說，可使警心。其所以設教者不同，蓋兩相為用也。天下不可無儒，亦不可無釋，唯眼大於箕，識高於頂者知之。然而上古之世，不可及已。

《嶺雲軒瑣記》這書，有人說是「極有見地」，「未經人道」，讀了「愛不釋手」;也有人說是「謬妄害義，肆口亂道，不識好惡」，視為洪水猛獸。在這裏，我還是「不著一字」吧。

十一

對於同歸說，也可以抄一點反對派的意見在這裏。

宋朝的釋道高《答李交州書》裏說：

> 疑亦悟本，請當論之：疑則求解，解則能悟，悟則入道，非本如何。雖儒墨之競興，九流之是非，乃爝火之不息，非日月之不暉，何急急於示見，而促促於同歸哉！

袁中郎在《答陶石簣書》裏也說：

> 近代之禪所以有此流弊者，始則陽明以儒濫禪，既則豁渠諸人以禪濫儒。禪者見諸儒汩沒世情之中，以為不礙，而禪遂

為撥無因果之禪；儒者借禪家一切圓融之見，以為發前賢所未發，而儒遂為無忌憚之儒。不唯禪不成禪，而儒亦不成儒矣。

我還得註一句，這都是清以前的意見，在時間上，是早於《嶺雲軒瑣記》的作者的。

十二

我愛在靜夜裏獨聽鐘聲，那死似的寂寞，在空茫裏蕩漾。

但我的心是一團火。

於是，我一言不發地從牀上爬起來，撲的，把燈火開亮了。

一九四〇年七月廿二日

（選自《鴻爪集》，福州：海峽文藝出版社，1985 年）

禪家的語言

朱自清

我們知道禪家是「離言説」的，他們要將嘴掛在牆上。但是禪家卻最能夠活用語言。正像道家以及後來的清談家一樣，他們都否定語言，可是都能識得語言的彈性，把握着，運用着，達成他們的活潑無礙的説教。不過道家以及清談家只説到「得意忘言」，「言不盡意」，還只是部分的否定語言，禪家卻徹底的否定了它。《古尊宿語錄》卷二記百丈懷海禪師答僧問「祖宗密語」説：

> 無有密語，如來無有秘密藏。但有語句，盡屬法之塵垢。但有語句，盡屬煩惱邊收。但有語句，盡屬不了義教。但有語句，盡不許也，了義教俱非也。更討什麼密語！

這裏完全否定了語句，可是同卷又記着他的話：

> 但是一切言教只如治病，為病不同，藥亦不同。所以有時説有佛，有時説無佛。實語治病，病若得瘥，個個是實語，病若不瘥，個個是虛妄語。實語是虛妄語，生見故。虛妄是實語，斷眾生顛倒故。為病是虛妄，只有虛妄藥相治。

又説：

> 世間譬喻是順喻，不了義教是順喻。了義教是逆喻，舍頭目髓腦是逆喻，如今不愛佛菩提等法是逆喻。

虛實順逆卻都是活用語言。否定是站在語言的高頭，活用是站在語言的中間；層次不同，說不到矛盾。明白了這個道理，才知道如何活用語言。

北平《世間解》月刊第五期上有顧隨先生的《揣龠錄》，第五節題為《不是不是》，中間提到「如何是（達摩）祖師西來意」一問，提到許多答語，說只是些「不是，不是！」這確是一語道着，斬斷葛藤。但是「不是，不是！」也有各色各樣。顧先生提到趙州和尚，這裏且看看他的一手。《古尊宿語錄》卷十三記學人問他：

> 問：「如何是趙州一句？」
> 師云：「半句也無。」
> 學云：「豈無和尚在？」
> 師云：「老僧不是一句。」

卷十四又記：

> 問：「如何是一句？」
> 師云：「道什麼？」
> 問：「如何是一句？」
> 師云：「兩句。」

同卷還有：

> 問：「如何是目前一句？」
> 師云：「老僧不如你！」

這都是在否定「一句」，「一句」「密語」。第一個答語，否定自明。第二次答「兩句」，「兩句」不是「一句」，牛頭不對馬嘴，還是個否定。第三個答語似乎更不相干，卻在説：不知道，沒有「目前一句」，你要，你自己悟去。

同樣，他否定了「祖師西來意」那問語。同書卷十三記學人問「如何是祖師西來意」？

師云：「庭前柏樹子。」

卷十四記着同一問語：

師云：「牀腳是。」
云：「莫便是也無？」（就是這個嗎？）
師云：「是即脱取去。」（是就拿下帶了去。）

還有一次答話：

師云：「東壁上掛葫蘆，多少時也！」

「即心即佛」，「非心非佛」，「祖師西來意」是不可説的。這裏卻説了，説得很具體。但是「柏樹子」，「牀腳」，「葫蘆」，這些用來指點的眼前景物，可以説都和「西來意」了不相干，所謂「逆喻」，是用肯定來否定，説了還跟沒有説一樣。但是同卷又記着：

問：「柏樹子還有佛性也無？」
師云：「有。」
云：「幾時成佛？」
師云：「待虛空落地。」
云：「虛空幾時落地？」
師云：「待柏樹子成佛。」

既是「虛空」，何能「落地」？這句話否定了它自己，現在我們稱為無意義的話。「待柏樹子成佛」是兜圈子，也等於沒有說，我們稱為丐詞。這些也都是用肯定來否定的。但是柏樹子有佛性，前面那些答話就又不是了不相干了。這正是活用，我們稱為多義的話。

同卷緊接着的一段：

> 問：「如何是西來意？」
> 師云：「因什麼向院裏罵老僧！」
> 云：「學人有何過？」
> 師云：「老僧不能就院裏罵得闍黎。」
> （闍黎 = 師）

又記着：

> 問：「如何是西來意？」
> 師云：「板齒生毛。」

這裏前兩句答話也是了不相干，但是不是眼前有的景物，而是眼前沒有的事；沒有的事是沒有，是否定。但是「罵老僧」，「罵闍黎」就是不認得僧，不認得師，因而這一問也就是不認得祖師。這也是兩面兒話，或說是兩可的話。末一句答話說板牙上長毛，也是沒有的事，並且是不可能的事；「西來意」是不可能說的。同卷還有兩句答話：

> 師云：「如你不喚作祖師，意猶未在。」

這是說沒有「祖師」，也沒有「意」。

師云：「什麼處得者消息來！」

意思是跟上句一樣。這都是直接否定了問句，比較簡單好懂。顧先生說「庭前柏樹子」一句「流傳宇宙，震鑠古今」，就因為那答話裏是個常物，卻出乎常情，卻又不出乎禪家「無多子」的常理。這需要活潑無礙的運用想像，活潑無礙的運用語言。這就是所謂「機鋒」。「機鋒」也有路數，本文各例可見一斑。

《世間解》月刊

（選自《朱自清文集》3卷，南京：江蘇教育出版社，1988年）

談「養生學」

馬南邨

前些天，首都醫學界的一部分人，在白雲觀開了一個很別緻的學術討論會，研究元代丘處機的養生學。這件事情引起了許多人的注意。

丘處機是宋元兩代之間的道士，登州棲霞人，後居萊州，自號長春子。元太祖成吉思汗聽説他懂得養生修煉的法子，特派札八兒、劉仲祿兩個使者去請他。丘處機率領十八名徒弟，走了一萬多里路，到達雪山，朝見成吉思汗於西征的營帳中。

他們當時談話的主要內容，據《元史》中的《釋老傳》、明代陶宗儀的《輟耕錄》等所載，大概是這樣的：

> 處機每言，欲一天下者，必在乎不嗜殺人。及問為治之方，則對以敬天愛民為本。問長生久視之道，則告以清心寡慾為要。

看來所謂養生學的綱領，恐怕就在於清心寡慾這四個字。

講養生之道倒也罷了，成吉思汗卻又下詔：「賜丘處機神仙號，爵大宗師，掌管天下道教。」這樣一來，養生學卻披上了宗教的色彩，反而逐漸失去了養生學的真義。以致後人只知有道教，而不知有養生學。丘處機自己也成了道教的一個首領，而不是什麼養生學家。

在道教中，丘處機當然是很有勢力的一個宗派。據明代都印的《三餘贅筆》記載：「道家有南北二宗。其南宗者謂自東華少陽君，得老聃之道……其北宗者謂呂岩授金王嘉，嘉授七弟子，其一丘處機……。」顯然，過去人們都只曉得丘處機是道教中的一個教派，有誰去理會他講的什麼養生學呢？

其實，要講養生學，光是清心寡慾恐怕還不夠，應該有更好的方法才是。

什麼是更好的方法呢？是不是要修煉成仙呢？回答決不是這樣。修煉成仙本是道家的想法，丘處機的教派也未嘗沒有這種想法。但其結果總不免事與願違。

比較起來，我覺得儒家主張「以自然之道，養自然之生」似乎更好一些。儒家的這種主張與道家修仙的說法，應該看到是有原則區別的。

早在宋代，歐陽修就曾因為不滿於當時一般道士對養生學的曲解，特地把魏晉間道士養生之書——《黃庭經》做了一番刪正，並且寫了一篇〈刪正黃庭經序〉。在這篇序裏，他一開頭就反對修仙之說。他寫道：

> 無仙子者，不知為何人也，無姓名，無爵里，世莫得而名之。其自號為無仙子者，以警世人之學仙者也。

接着，他闡述一種道理，就是說：

> 自古有道無仙，而後世之人，知有道而不得其道；不知無仙而妄學仙。此我之所哀也。道者，自然之道也。生而必死，

亦自然之理也。以自然之道，養自然之生，不自戕賊夭閼，而盡其天年，此自古聖智之所同也。

歐陽修還舉了實際例子以證明他的論點。雖然他舉的例子中有的並非事實，但是，我們無妨用更多的實例去代替它，不能因為他以傳説為事實就否定他的全部看法。他舉例説：

禹走天下，乘四載，治百川，可謂勞其形矣，而壽百年。顏子蕭然卧於陋巷，簞食瓢飲，外不誘於物，內不動於心，可謂至樂矣，而年不及三十。斯二人者，皆古之仁人也。勞其形者長年，安其樂者短命。……此所謂以自然之道，養自然之生。

這一段議論很好。如果用別的事實代替大禹的例子，就更好。我們實際上可以舉出無數事例，來證明歐陽修的論點。有許多勞動人民，如山區的老農，長期從事田野勞動，年紀很大，身體與青年人一樣健康。不久以前，報紙消息説，蘇聯有許多百歲以上的老人，也都是勤勞的農民。這些就是有力的證據。

因此，講養生學的人，在研究丘處機的同時，我想無妨把研究的範圍更加擴大一些，多多地收集元代以前和以後各個時期、各派和各家有關養生的學説，加以全面的研究。這樣做，收穫可能更大。

（選自《燕山夜話》，北京：北京出版社，1979 年）

讀《欲海回狂》

周作人

我讀《欲海回狂》的歷史真是説來話長。第一次見這本書是在民國元年，在浙江教育司裏范古農先生的案頭。我坐在范先生的背後，雖然每日望見寫着許多墨筆題詞的部面，卻總不曾起什麼好奇心，想借來一看。第二次是三年前的春天，在西城的醫院裏養病，因為與經典流通處相距不遠，便買了些小乘經和雜書來消遣，其中一本是那《欲海回狂》。第三次的因緣是最奇了，去年甘肅楊漢公因高張結婚事件大肆攻擊，其中説及某公寄《欲海回狂》與高君，令其懺悔。我想到那些謬人的思想根據或者便在這本善書內，所以想拿出來檢查一番，但因別的事情終於擱下了，直到現在才能做到，不過對於前回事件已經沒有什麼興趣，所以只是略説我的感想罷了。

我常想，做戒淫書的人與做淫書的人都多少有點色情狂。這句話當然要為信奉「《安士全書》的人生觀」的人們所罵，其實卻是真的，即如書中「總勸」一節裏的四六文云，「遇嬌姿於道左，目注千番；逢麗色於閨簾，腸迴百轉」，就是豔詞，可以放進《遊仙窟》裏去。平心而論，周安士居士的這部書總可以算是戒淫書中之「白眉」，因為他能夠説的徹底。卷一中云，「芙蓉白面，須知帶肉骷髏；美貌紅妝，不過蒙衣漏廁」，即是他的中心要義，雖然這並非他的新發見，但根據這個來説戒淫總是他的創見了。所以三卷書中最精粹的是中卷《受持篇》裏〈經要門〉以下的幾章，而尤以〈不淨觀〉一章為最要。我讀了最感趣味的，也便是這一部分。

我要乾脆的聲明，我是極反對「不淨觀」的。為什麼現在卻對於它這樣的感着趣味呢？這便因為我覺得「不淨觀」是古代的性教育。雖然他所走的是倒路，但到底是一種性教育，與儒教之密藏與嚴禁的辦法不同。下卷《決疑論》中云：「男女之道，人之大欲存焉。欲火動時，勃然難遏，縱刀鋸在前，鼎鑊隨後，猶圖僥倖於萬一，若獨借往聖微詞，令彼一片淫心冰消雪解，此萬萬不可得之數也。且夫理之可以勸導世人助揚王化者，莫如因果之說矣；獨至淫心乍發，雖目擊現在因果，終不能斷其愛根，唯有不淨二字可以絕之，所謂禁得十分不如淡得一分也。論戒淫者，斷以不淨觀為宗矣。」很能明白地說出它的性質。印度人的思想似乎處處要比中國空靈奇特，所以能在科學不發達的時代發明一種特殊的性教育，想從根本上除掉愛欲，雖然今日看來原是倒行逆施，但是總值得佩服的了。

現在的性教育的正宗卻是「淨觀」，正是「不淨觀」的反面。我們真不懂為什麼一個人要把自己看做一袋糞，把自己的汗唾精血看的很是污穢？倘若真是這樣想，實在應當用一把淨火將自身焚化了才對。既然要生存在世間，對於這個肉體當然不能不先是認，此外關於這肉體的現象與需要自然也就不能有什麼拒絕。周安士知道人之大欲不是聖賢教訓或因果勸誡所能防止，於是想用「不淨觀」來抵禦它；「不淨觀」雖以生理為本，但是太撓曲了，幾乎與事實相背，其結果亦只成為一種教訓，務阻塞而非疏通：凡是人欲，如不事疏通而妄去阻塞，終於是不行的。淨觀的性教育則是認人生，是認生之一切慾求，使人關於兩性的事實有正確的知識，再加以高尚的趣味之修養，庶幾可以有效。但這疏導的正路只能為順遂的人生作一種預備，仍不能使人厭棄愛慾，因為這是人生不可能的事。

《欲海回狂》——佛教的「不淨觀」的通俗教科書[1]——在有常識的人看了是很有趣味的書，但當作勸世的書卻是有害的。像楊漢公輩可以不必論矣，即是平常的青年，倘若受了這種禁慾思想的影響，於他的生活上難免種下不好的因，因為性的不淨思想是兩性關係的最大的敵，而「不淨觀」實為這種思想的基本。儒教輕蔑女子，還只是根據經驗，佛教則根據生理而加以宗教的解釋，更為無理，與道教之以女子為鼎器相比其流弊不相上下。我想尊重出家的和尚，但是見了主張「有生即是錯誤」而貪戀名利，標榜良知而肆意胡說的居士儒者，不禁發生不快之感，對於他們的聖典也不免懷有反感，這或者是我之所以不能公平的評估這本善書的原因罷。

（選自《雨天的書》，北京：北新書局，1925 年）

1. 佛教本來只是婆羅門教的改良，這種不淨觀大約也是從外道取來，如薩克諦宗徒的觀念女根瑜尼，似即可轉變為《禪秘要經》中的諸法。不過這單是外行人的一種推測，順便說及罷了。

山中雜信

周作人

一

伏園兄：

我已於本月初退院，搬到山裏來了。香山不很高大，彷彿只是故鄉城內的卧龍山模樣，但在北京近郊，已經要算是很好的山了。碧雲寺在山腹上，地位頗好，只是我還不曾到外邊去看過，因為須等醫生再來診察一次之後，才能決定可以怎樣行動，而且又是連日下雨，連院子裏都不能行走，終日只是起卧屋內罷了。大雨接連下了兩天，天氣也就頗冷了。般若堂裏住着幾個和尚們，買了許多香椿乾，攤在蘆席上晾着，這兩天的雨不但使它不能乾燥，反使它更加潮濕。每從玻璃窗望去，看見廊下攤着濕漉漉的深綠的香椿乾，總覺得對於這班和尚們心裏很是抱歉似的，——雖然下雨並不是我的緣故。

般若堂裏早晚都有和尚做功課，但我覺得並不煩擾，而且於我似乎還有一種清醒的力量。清早和黃昏時候的清澈的磬聲，彷彿催促我們無所信仰、無所歸依的人，揀定一條道路精進向前。我近來的思想動搖與混亂，可謂已至其極了，托爾斯泰的無我愛與尼采的超人，共產主義與善種學，耶佛孔老的教訓與科學的例證，我都一樣的喜歡尊重，卻又不能調和統一起來，造成一條可以行的大路。我只將這各種思想，淩亂的堆在頭裏，真是鄉間的雜貨一料店了。——或者世間本來沒有思想上的「國道」，也未可知。這件事我常常想到，如今聽他們做功課，更使我受了激刺。同他們比較起來，好像上海許多有國籍的西商中間，夾着一個「無領事管束」的西人。至於無領事管束，究竟是好是壞，我還想不明白。不知你以為何如？

寺內的空氣並不比外間更為和平。我來的前一天，般若堂裏的一個和尚，被方丈差人抓去，説他偷寺內的法物，先打了一頓，然後捆送到城內什麼衙門去了。究竟偷東西沒有，是別一個問題，但吊打恐總非佛家所宜。大約現在佛徒的戒律，也同「儒業」的三綱五常一樣，早已成為具文了。自己即使犯了永為棄物的波羅夷罪，並無妨礙，只要有權力，便可以處置別人，正如護持名教的人卻打他的老父，世間也一點都不以為奇。我們廚房的間壁，住着兩個賣汽水的人，也時常吵架。掌櫃的回家去了，只剩了兩個少年的夥計，連日又下雨。不能出去擺攤，所以更容易爭鬧起來。前天晚上，他們都不願意燒飯，互相推諉，始而相罵，終於各執灶上的鐵通條，打仗兩次。我聽他們叱吒的聲音，令我想起《三國志》及《劫後英雄略》等書裏所記的英雄戰鬥或比武時的威勢。可是後來戰罷，他們兩個人一點都不受傷，更是不可思議了。從這兩件事看來，你大約可以知道這山上的戰氛罷。

因為病在右肋，執筆不大方便，這封信也是分四次寫成的。以後再談罷。

二

近日天氣漸熱，到山裏來住的人也漸多了。對面的那三間屋，已於前日租去，大約日內就有人搬來。般若堂兩旁的廂房，本是「十方堂」，這塊大木牌還掛在我的門口。但現在都已租給人住，以後有遊方僧來，除了請到羅漢堂去打坐以外，沒有別的地方可以掛單了。

三四天前大殿裏的小菩薩，失少了兩尊，方丈說是看守大殿的和尚偷賣給遊客了，於是又將他捆起來，打了一頓，但是這回不曾送官，因為次日我又聽見他在後堂敲那大木魚了。（前回被抓去的和尚已經出來，搬到別的寺裏去了。）當時我正翻閱《諸經要集》六度部的忍辱篇，道世大師在述意緣內說道，「……豈容微有觸惱，大生瞋恨，乃至角眼相看，惡聲厲色，遂加杖木，結恨成怨，」看了不禁苦笑。或者叢林的規矩，方丈本來可以用什麼板子打人，但我總覺得有點矛盾。而且如果真照規矩辦起來，恐怕應該挨打的卻還不是這個所謂偷賣小菩薩的和尚呢。

山中蒼蠅之多，真是「出人意表之外」。每到下午，在窗外群飛，嗡嗡作聲，彷彿是蜜蜂的排衙。我雖然將風門上糊了冷布，緊緊關閉，但是每一出入，總有幾個混進屋裏來。各處桌上攤着蒼蠅紙，另外又用了棕絲制的蠅拍追着打，還是不能絕滅。英國詩人勃來克有《蒼蠅》一詩，將蠅來與無常的人生相比，日本小林一茶的俳句道，「不要打哪！那蒼蠅搓他的手，搓他的腳呢。」我平常都很是愛唸，但在實際上卻不能這樣的寬大了。一茶又有一句俳句，序云：

捉到一個蝨子，將他掐死固然可憐，要把他捨在門外，讓他絕食，也覺得不忍；忽然的想到我佛從前給與鬼子母的東西[1]，成此。

蝨子呵，放在和我味道一樣的石榴上爬着。

《四分律》云，「時有老比丘拾蝨棄地，佛言不應，聽以器盛若綿拾着中。若蝨走出，應作筒盛；若蝨出筒，應作蓋塞。隨其寒暑，加以膩食將養之。」一茶是誠信的佛教徒，所以也如此做，不過用石榴餵它卻更妙了。這種殊勝的思想，我也很以為美，但我的心底裏有一種矛盾，一面承認蒼蠅是與我同具生命的眾生之一，但一面又總當它是腳上帶着許多有害的細菌，在頭上面爬的癢癢的，一種可惡的小蟲，心想除滅它。這個情與知的衝突，實在是無法調和，因為我篤信「賽老先生」的話，但也不想拿了他的解剖刀去破壞詩人的美的世界，所以在這一點上，大約只好甘心且做蝙蝠派罷了。

對於時事的感想，非常紛亂，真是無從説起，倒還不如不説也罷。

三

我在第一信裏，説寺內戰氛很盛，但是現在情形卻又變了。賣汽水的一個戰士，已經下山去了。這個緣因，説來很長。前兩回禮拜日遊客很多，汽水賣了十多塊錢一天，方丈知道了，便叫他們從形勢最好的那「水泉」旁邊撤退，讓他自己來賣。他們只准在荒涼

1. 日本傳説，佛降伏鬼子母神，給與石榴實食之，以代人肉，因榴實味酸甜似人肉云。據《鬼子母經》説，她後來變了生育之神，這石榴大約只是多子的象徵罷了。

的塔院下及門口去擺攤，生意便很清淡，掌櫃的於是實行減政，只留下了一個人做幫手，——這個夥計本是做墨盒的，掌櫃自己是泥水匠。這主從兩人雖然也有時爭論，但不至於開起仗來了。方丈似乎頗喜歡吊打他屬下的和尚，不過他的法庭離我這裏很遠，所以並未直接受到影響。此外偶然和尚們喝醉了高粱，高聲抗辯，或者為了金錢勝負稍有糾葛，都是隨即平靜，算不得什麼大事。因此般若堂裏的空氣，近來很是長閒逸豫，令人平矜釋躁。這個情形可以意會，不易言傳，我如今舉出一件瑣事來做個象徵，你或者可以知其大略。我們院子裏，有一群雞，共五六隻，其中公的也有，母的也有。這是和尚們共同養的呢，還是一個人的私產，我都不知道。它們白天裏躲在紫藤花底下，晚間被盛入一隻小口大腹，像是裝香油用的藤簍裏面。這簍子似乎是沒有蓋的，我每天總看見它在柏樹下仰天張着口放着。夜裏酉戌之交，和尚們擂鼓既罷，各去休息，簍裏的雞便怪聲怪氣的叫起來。於是禪房裏和尚們的「唆，唆——」之聲，相繼而作。這樣以後，簍裏和禪房裏便復寂然，直到天明，更沒有什麼驚動。問是什麼事呢？答說有黃鼠狼來咬雞。其實這小口大腹的簍子裏，黃鼠狼是不會進去的，倘若掉了下去，它就再也逃不出來了。大約它總是未能忘情，所以常來窺探，不過聊以快意罷了。倘若簍子上加上一個蓋，——雖然如上文所說，即使無蓋，本來也很安全，——也便可以省得它的窺探，但和尚們永遠不加蓋，黃鼠狼也便永遠要來窺探。以致「三日兩頭」的引起夜中簍裏與禪房裏的驅逐。這便是我所說的長閒逸豫的所在。我希望這一節故事，或者能夠比那四個抽象的字說明的更多一點。

但是我在這裏不能一樣的長閒逸豫，在一日裏總有一個陰鬱的時候，這便是下午清華園的郵差送報來後的半點鐘。我的神經衰弱，易於激動，病後更甚，對於略略重大的問題，稍加思索，便很煩躁起來，幾乎是發熱狀態，因此平常十分留心免避。但每天的報裏，總是充滿着不愉快的事情，見了不免要起煩惱。或者說，既然如此，不看豈不好麼？但我又捨不得不看，好像身上有傷的人，明如觸着是很痛的，但有時仍是不自禁的要用手去摸，感到新的劇痛，保留他受傷的意識。但苦痛究竟是苦痛，所以也就趕緊丟開，去尋求別的慰解。我此時放下報紙，努力將我的思想遣發到平常所走的舊路上去，——回想近今所看書上的大乘菩薩佈施忍辱等六度難行，淨土及地獄的意義，或者去搜求遊客及和尚們（特別注意於方丈）的軼事。我也不願再說不愉快的事，下次還不如仍同你講他們的事情罷。

四

近日因為神經不好，夜間睡眠不足，精神很是頹唐，所以好久沒有寫信，也不曾做詩了。詩思固然不來，日前到大殿後看了御碑亭，更使我詩興大減。碑亭之北有兩塊石碑，四面都刻着乾隆御制的律詩和絕句。這些詩雖然很講究的刻在石上，壁上還有憲兵某君的題詞，讚歎他說「天命乃有移，英風殊難泯！」但我看了不知怎的聯想到那塾師給冷於冰看的草稿，將我的創作熱減退到近於零度。我以前病中忽發野心，想做兩篇小說，一篇叫《平凡的人》，一篇叫《初戀》，幸而到了現在還不曾動手，不然，豈不將使《饃饃賦》不但無獨而且有偶麼？

我前回答應告訴你遊客的故事，但是現在也未能踐約，因為他們都從正門出入，很少到般若堂裏來的。我看見從我窗外走過的遊客，一總不過十多人。他們卻有一種公共的特色，似乎都對於植物的年齡頗有趣味。他們大抵問和尚或別人道，「這藤蘿有多少年了？」答說，「這說不上來。」便又問，「這柏樹呢？」至於答案，自然仍舊是「說不上來」了。或者不問柏樹的，也要問槐樹，其餘核桃石榴等小樹，就少有人注意了。我常覺得奇異，他們既然如此熱心，寺裏的人何妨就替各棵老樹胡亂定出一個年歲，叫和尚們照樣對答，或者寫在大木板上，掛在樹下，豈不一舉兩得麼？

遊客中偶然有提着鳥籠的，我看了最不喜歡。我平常有一種偏見，以為作不必要的惡事的人，比為生活所迫，不得已而作惡者更為可惡；所以我憎惡蓄妾的男子，比那賣女為妾——因貧窮而吃人肉的父母，要加幾倍。對於提鳥籠的人的反感，也是出於同一的源流。如要吃肉，便吃罷了；(其實飛鳥的肉，於養生上也並非必要。)如要賞鑑，在它自由飛鳴的時候，可以盡量的看或聽；何必關在籠裏，擎着走呢？我以為這同喜歡纏足一樣的是痛苦的賞玩，是一種變態的殘忍的心理。賢首於《梵網戒疏》盜戒下注云：「善見云，盜空中鳥，左翅至右翅，尾至頭，上下亦爾，俱得重罪。准此戒，縱無主，鳥身自為主，盜皆重也。」鳥身自為主，——這句話的精神何等博大深厚，然而又豈是那些提鳥籠的朋友所能了解的呢？

《梵網經》裏還有幾句話，我覺得也都很好。如云「若佛子，故食肉，——一切肉不得食。——斷大慈悲性種子，一切眾生見而捨去。」又云，「一切男子是我父，一切女人是我母，我生生無不從之受生，故六道眾生皆我父母。而殺而食者，即殺我父母，亦殺我故身：一切地水，是我先身；一切火風，是我本體。……」我們現在雖然不能再相信六道輪迴之說，然而對於這普親觀平等觀的思想，仍然覺得他是真而且美。英國勃來克的詩：

被獵的兔每一聲叫，
撕掉腦裏的一枝神經；
雲雀被傷在翅膀上，
一個天使止住了歌唱。

這也是表示同一的思想。我們為自己養生計，或者不得不殺生，但是大慈悲性種子也不可不保存，所以無用的殺生與快意的殺生，都應該避免的。譬如吃醉蝦，這也罷了；但是有人並不貪他的鮮味，只為能夠將半活的蝦夾住，直往嘴裏送，心裏想道「我吃你！」覺得很快活。這是在那裏嘗得勝快心的滋味，並非真是吃食了。《晨報》雜感欄裏曾登過松年先生的一篇〈愛〉，我很以他所說的為然。但是愛物也與仁人很有關係，倘若斷了大慈悲性種子，如那樣吃醉蝦的人，於愛人的事也恐怕不大能夠圓滿的了。

（選自《雨天的書》，北京：北新書局，1925 年）

薩滿教的禮教思想

周作人

四川督辦因為要維持風化，把一個犯姦的學生槍斃，以昭炯戒。

湖南省長因為求雨，半月多不回公館去，即「不同太太睡覺」，如《京副》上某君所說。

弗來則博士（J. G. Frazer）在所著《普須該的工作》（*Psyche's Task*）第三章「迷信與兩性關係」上說：「他們（野蠻人）想像，以為只須舉行或者禁戒某種性的行為，他們可以直接地促成鳥獸之繁殖與草木之生長。這些行為與禁戒顯然都是迷信的，全然不能得到所希求的效果。這不是宗教的，但是法術的；就是說，他們想達到目的，並不用懇求神靈的方法，卻憑了一種錯誤的物理感應的思想，直接去操縱自然之力。」這便是趙恆惕求雨的心理，雖然照感應魔術的理論講來，或者該當反其道而行之才對。

同書中又說：「在許多蠻族的心裏，無論已結婚或未結婚的人的性的過失，並不單是道德上的罪，只與直接有關的少數人相干；他們以為這將牽涉全族，遇見危險與災難，因為這會直接地發生一種魔術的影響，或者將間接地引起嫌惡這些行為的神靈之怒。不但如此，他們常以為這些行為將損害一切禾谷瓜果，斷絕食糧供給，危及全群的生存。凡在這種迷信盛行的地方，社會的意見和法律懲罰性的犯罪便特別地嚴酷，不比別的文明的民族，把這些過失當作私事而非公事，當作道德的罪而非法律的罪，於個人終生的幸福上或有影響，而並不會累及社會全體的一時的安全。倒過來說，凡在社會極端嚴厲地懲罰親屬姦，既婚姦，未婚姦的地方，我們可以推測這種辦法的動機是在於迷信；易言之，凡是一個部落或民族，不肯讓受害者自己來罰這些過失，卻由社會特別嚴重地處罪，其理由大抵由於相信性的犯罪足以擾亂天行，危及全群，所以全群為自己起見不得不切實地抵抗，在必要時非除滅這犯罪者不可。」這便是楊森維持風化的心理。固然，捉姦的愉快也與妒忌心有關，但是極小的一部分罷了，因為合法的賣淫與強姦社會上原是許可的，所以普通維持風化的原因多由於怕這神秘的「了不得」——彷彿可以譯多島海的「太步」。

中國據說以禮教立國，是崇奉至聖先師的儒教國，然而實際上國民的思想全是薩滿教的（Shamanistic 比稱道教的更確）。中國決不是無宗教國，雖然國民的思想裏法術的分子比宗教的要多得多。講禮教者所喜說的風化一語，我就覺得很是神秘，含有極大的超自然的意義，這顯然是薩滿教的一種術語。最講禮教的川湘督長的思想完全是野蠻的，既如上述，京城裏「君師主義」的諸位又如何呢？不必說，都是一窟隴的狸子啦。他們的思想總不出兩性的交涉，而且以為在這一交涉裏，宇宙之存亡，日月之盈昃，家國之安危，人民之生死，皆系焉。只要女學生齋戒——一個月，我們姑且說，便風化可完而中國可保矣，否者七七四十九之內必將陸沉。這不是野蠻的薩滿教思想是什麼？我相信要了解中國須得研究禮教，而要了解禮教更非從薩滿教入手不可。

一九二五年九月二日

（選自周作人《談虎集》，北京：北新書局，1928 年）

吃菜

周作人

偶然看書講到民間邪教的地方，總常有吃菜事魔等字樣。吃菜大約就是素食，事魔是什麼事呢？總是服侍什麼魔王之類罷，我們知道希臘諸神到了基督教世界多轉變為魔，那麼魔有些原來也是有身份的，並不一定怎麼邪曲，不過隨便地事也本可不必，雖然光是吃菜未始不可以，而且說起來我也還有點贊成。本來草的莖葉根實只要無毒都可以吃，又因為有維他命某，不但充飢還可養生，這是普通人所熟知的，至於專門地或有宗旨地吃，那便有點兒不同，彷彿是一種主義了。現在我所想要說的就是這種吃菜主義。

吃菜主義似乎可以分作兩類。第一類是道德的。這派的人並不是不吃肉，只是多吃菜，其原因大約是由於崇尚素樸清淡的生活。孔子云，「飯疏食，飲水，曲肱而枕之，樂亦在其中矣」，可以說是這派的祖師。《南齊書・周顒傳》云，「顒清貧寡慾，終日長蔬食。文惠太子問顒菜食何味最勝，顒曰，春初早韭，秋末晚菘。」黃山谷題畫菜云，「不可使士大夫不知此味，不可使天下之民有此色。」——當作文章來看實在不很高明，大有帖括的意味，但如算作這派提倡咬菜根的標語卻是頗得要領的。李笠翁在《閒情偶寄》卷五說：

「聲音之道，絲不如竹，竹不如肉，為其漸近自然，吾謂飲食之道，膾不如肉，肉不如蔬，亦以其漸近自然也。草衣木食，上古之風，人能疏遠肥膩，食蔬蕨而甘之，腹中菜園不使羊來踏破，是猶作羲皇之民，鼓唐虞之腹，與崇尚古玩同一致也。所怪於世者，棄美名不居，而故異端其說，謂佛法如是，是則謬矣。吾輯《飲饌》一卷，後肉食而首蔬菜，一以崇儉，一以復古，至重宰割而惜生命，又其念茲在茲而不忍或忘者矣。」笠翁照例有他的妙語，這裏也是如此，說得很是清脆，雖然照文化史上講來吃肉該在吃菜之先，不過笠翁不及知道，而且他又哪裏會來斤斤地考究這些事情呢。

吃菜主義之二是宗教的，普通多是根據佛法，即笠翁所謂異端其說者也。我覺得這兩類顯有不同之點，其一吃菜只是吃菜，其二吃菜乃是不食肉，笠翁上文說得蠻好，而下面所說念茲在茲的卻又混到這邊來，不免與佛法發生糾葛了。小乘律有殺戒而不戒食肉，蓋殺生而食已在戒中，唯自死鳥殘等肉仍在不禁之列，至大乘律始明定食肉戒，如《梵網經》菩薩戒中所舉，其辭曰：

「若佛子故食肉，——一切眾生肉不得食：夫食肉者斷大慈悲佛性種子，一切眾生見而捨去。是故一切菩薩不得食一切眾生肉，食肉得無量罪，——若故食者，犯輕垢罪。」賢首疏去，「輕垢者，簡前重戒，是以名輕，簡異無犯，故亦名垢。又釋，瀆污清淨行名垢，禮非重過稱輕。」因為這裏沒有把殺生算在內，所以算是輕戒，但話雖如此，據《目蓮問罪報經》所說，犯突吉羅眾學戒罪，加四天王壽，五百歲墮泥犁中，於人間數九百千歲，此墮等活地獄，人間五十年為天一晝夜，可見還是不得了也。

我讀《舊約・利未記》，再看大小乘律，覺得其中所說的話要合理得多，而上邊食肉戒的措辭我尤為喜歡，實在明智通達，古今莫及。《入楞伽經》所論雖然詳細，但仍多為粗惡凡人說法，道世在《諸經要集》中〈酒肉部〉所述亦復如是，不要說別人了。後來講戒殺的大抵偏重因果一端，寫得較好的還是蓮池的《放生文》和周安士的《萬善先資》，文字還有可取，其次《好生救劫編》、《衛生集》等，自鄶以下更可以不論，裏邊的意思總都是人吃了蝦米再變蝦米去還吃這一套，雖然也好玩，難免是幼稚了。我以為菜食是為了不食肉，不食肉是為了不殺生，這是對的，再說為什麼不殺生，那麼這個解釋我想還是說不欲斷大慈悲佛性種子最為得體，別的總說得支離。眾生有一人不得度的時候自己決不先得度，這固然是大乘菩薩的弘願，但凡夫到了中年，往往會看輕自己的生命而尊重人家的，並不是怎麼奇特的現象。難道肉體漸近老衰，精神也就與宗教接近麼？未必然，這種態度有的從宗教出，有的也會從唯物論出的。或者有人疑心唯物論者一定是主張強食弱肉的，卻不知道也可以成為大慈悲宗，好像是《安士全書》信者，所不同的他是本於理性，沒有人吃蝦米那些律例而已。

據我看來，吃菜亦復佳，但也以中庸為妙，赤米白鹽綠葵紫蓼之外，偶然也不妨少進三淨肉，如要講淨素已不容易，再要徹底便有碰壁的危險。《南齊書・孝義傳》記江泌事，說他「食菜不食心，以其有生意也」，覺得這件事很有風趣，但是離徹底總還遠呢。英國柏忒勒（Samuel Butler）所著《有何無之鄉遊記》（*Erewhon*）中第二十六七章敍述一件很妙的故事，前章題曰〈動物權〉，說古代有哲人主張動物的生存權，人民實行菜食，當初許可吃牛乳雞蛋，後來覺得擠牛乳有損於小牛，雞蛋也是一條可能的生命，所以都禁了，但陳雞蛋還勉強可以使用，只要經過檢查，證明確已陳年臭壞了，貼上一張「三個月以前所生」的查票，就可發賣。次章題曰〈植物權〉，已是六七百年過後的事了，那時又出了一個哲學家，他用實驗證明植物也同動物一樣地有生命，所以也不能吃，據他的意思，人可以吃的只有那些自死的植物，例如落在地上將要腐爛的果子，或在深秋變黃了的菜葉，他說只有這些同樣的廢物人們可以吃了於心無愧。「即使如此，吃的人還應該把所吃的蘋果或梨的核，杏核，櫻桃核及其他，都種在土裏，不然他就將犯了墮胎之罪。至於五穀，據他說那是全然不成，因為每顆穀都有一個靈魂像人一樣，他也自有其同樣地要求安全之權利。」結果是大家不能不承認他的理論，但是又苦於難以實行，逼得沒法了便索性開了葷，仍舊吃起豬排牛排來了。這是諷刺小說的話，我們不必認真，然而天下事卻也有偶然暗合的，如《文殊師利問經》云：

「若為己殺，不得啖。若肉林中已自腐爛，欲食得食。若欲啖肉者，當說此咒：如是，無我無我，無壽命無壽命，失失，燒燒，破破，有為，除殺去。此咒三說，乃得啖肉，飯亦不食。何以故？若思唯飯不應食，何況當啖肉。」這個吃肉林中腐肉的辦法豈不與陳雞蛋很相像，那麼爛果子黃菜葉也並不一定是無理，實在也只是比不食菜心更徹底一點罷了。

二十年十一月十八日，於北平

（選自《看雲集》，上海：開明書店，1932 年）

讀戒律

周作人

我讀佛經最初還是在三十多年前。查在南京水師學堂時的舊日記，光緒甲辰（一九〇四）十一月下有云：

> 初九日，下午自城南歸經延齡巷，購經二卷，黃昏回堂。

又云：

> 十八日，往城南購書，又《西方接引圖》四尺一紙。
> 十九日，看《起信論》，又《纂注》十四頁。

這頭一次所買的佛經，我記得一種是《楞嚴經》，一種是《諸佛要集經》與《投身飼餓虎經》等三經同卷。第二次再到金陵刻經處請求教示，據云頂好修淨土宗，而以讀《起信論》為入手，那時所買的大抵便是論及注疏，一大張的圖或者即是對於西土嚮往。可是我看了《起信論》不大好懂，淨土宗又不怎麼喜歡，雖然他的意思我是覺得可以懂的。民國十年在北京自春至秋病了大半年，又買佛經來看了消遣，這回所看的都是些小乘經，隨後是大乘律。我讀《梵網經》菩薩戒本及其他，很受感動，特別是賢首《疏》，是我所最喜讀的書。卷三在盜戒下注云：

> 《善見》云，盜空中鳥，左翅至右翅，尾至顛，上下亦爾，俱得重罪。准此戒，縱無主，鳥身自為主，盜皆重也。

我在七月十四日的《山中雜信》四中云：

鳥身自為主，這句話的精神何等博大深厚，然而又豈是那些提鳥籠的朋友所能了解的呢？

又舉食肉戒云：

若佛子故食肉，——一切生肉不得食：夫食肉者斷大慈悲佛性種子，一切眾生見而捨去。是故一切菩薩不得食一切眾生肉，食肉得無量罪。——若故食者，犯輕垢罪。

在《吃菜》小文中我曾說道：

我讀《舊約・利未記》，再看大小乘律，覺得其中所說的話要合理得多，而上邊食肉戒的措辭我尤為喜歡，實在明智通達，古今莫及。

這是民國二十年冬天所寫，與《山中雜信》相距已有十年，這個意見蓋一直沒有變更，不過這中間又讀了些小乘律，所以對於佛教的戒律更感到興趣與佩服。小乘律的重要各部差不多都已重刻了，在各經典流通處也有發售，但是書目中在這一部門的前面必定注着一行小字云「在家人勿看」，我覺得不好意思開口去問，並不是怕自己碰釘子，只覺得顯明地要人家違反規條是一件失禮的事。末了想到一個方法，我就去找梁漱溟先生，託他替我設法去買，不久果然送來了一部《四分律藏》，共有二十本。可是後來梁先生離開北京了，我於是再去託徐森玉先生，陸續又買到了好些，我自己也在廠甸收集了一點，如《薩婆多部毗尼摩得勒伽》十卷，《大比丘三千威儀》二卷，均明末刊本，就是這樣得來的。《書信》中「與俞平伯君書三十五通」之十五云：

> 前日為二女士寫字寫壞了，昨下午趕往琉璃廠買六吉宣賠寫，順便一看書攤，買得一部《薩婆多部毗尼摩得勒伽》，共二冊十卷，係崇禎十七年八月所刻。此書名據說可譯為《一切有部律論》，其中所論有極妙者，如卷六有一節云：云何廁？比丘入廁時，先彈指作相，使內人覺知，當正念入，好攝衣，好正當中安身，欲出者令出，不肯者勿強出。古人之質樸處蓋至可愛也。

時為十九年二月八日，即是買書的第二天。其實此外好的文章尚多，如同卷中說類似的事云：

> 云何下風？下風出時不得作聲。
>
> 云何小便？比丘不得處處小便，應在一處作坑。
>
> 云何唾？唾不得作聲。不得在上座前唾。不得唾淨地。不得在食前唾，若不可忍，起避去，莫令餘人得惱。

這「莫令餘人得惱」一句話我最喜歡，佛教的一種偉大精神的發露，正是中國的恕道也。又有關於齒木的：

> 云何齒木？齒木不得太大太小，不得太長太短，上者十二指，下者六指。不得上座前嚼齒木。有三事應屏處，謂大小便嚼齒木。不得在淨處樹下牆邊嚼齒木。

《大比丘三千威儀》卷上云：

> 用楊枝有五事。一者，斷當如度。二者，破當如法。三者，嚼頭不得過三分。四者，疏齒當中三齧。五者，當汁澡目用。

金聖歎作施耐庵《水滸傳序》中云：

> 朝日初出，蒼蒼涼涼，澡頭面，裹巾幘，進盤飧，嚼楊木。

即從此出，唯義淨很反對楊枝之說，在《南海寄歸內法傳》卷一朝嚼齒木項下云：

> 豈容不識齒木，名作楊枝。西國柳樹全稀，譯者輒傳斯號，佛齒木樹實非楊柳，那爛陀寺目今親觀，既不取信於他，聞者亦無勞致惑。

淨師之言自必無誤，大抵如周松靄在《佛爾雅》卷五所云，「此方無竭陀羅木，多用楊枝」，譯者遂如此稱，雖稍失真，尚取其通俗耳。至今日本俗語猶稱牙刷曰楊枝，牙籤曰小楊枝，中國則僧俗皆不用此，故其名稱在世間也早已不傳了。

《摩得勒伽》為宋僧伽跋摩譯，《三千威儀》題後漢安世高譯，僧祐則云失譯人名，但總之是六朝以前的文字罷。卷下有至舍後二十五事亦關於登廁者，文繁不能備錄，但如十一不得大咽使面赤，十七不得草畫地，十八不得持草畫壁作字，都說得很有意思，今抄簡短者數則：

> 買肉有五事。一者，設見肉完未斷，不應便買。二者，人已斷餘乃應買。三者，設見肉少，不得盡買。四者，若肉少不得妄增錢取。五者，設肉已盡，不得言當多買。
>
> 教人破薪有五事。一者，莫當道。二者，先視斧柄令堅。三者，不得使破有青草薪。四者，不得妄破塔材。五者，積着燥處。

我在《入廁讀書》文中曾說：

> 偶讀大小乘戒律，覺得印度先賢十分周密地注意於人生各方面，非常佩服。即以入廁一事而論，《三千威儀》下列舉至舍後者有二十五事，《摩得勒伽》六自云何下風至云何籌草凡十三條，《南海寄歸內法傳》二有第十八便利之事一章，都有詳細的規定，有的是很嚴肅而幽默，讀了忍不住五體投地。

我又在《談龍集》裏講到阿拉伯奈夫札威上人的《香園》與印度殼科加師的《欲樂秘旨》，照中國古語說都是房中術的書，卻又是很正經的，「他在開始說不雅馴的話之先，恭恭敬敬地要禱告一番，叫大悲大慈的神加恩於他，這的確是明朗樸實的古典精神，很是可愛的。」自兩便以至劈柴買肉（小乘律是不戒食肉的），一方面關於性交的事，這雖然屬於佛教外的人所做，都說的那麼委曲詳盡，又合於人情物理，這真是難得可貴的事。中國便很缺少這種精神，到了現在我們同胞恐怕是世間最不知禮的人之一種，雖然滿口仁義禮智，不必問他心裏如何，只看日常舉動很少顧慮到人情物理，就可以知道了。查古書裏卻也曾有過很好的例，如《禮記》裏的兩篇《曲禮》，有好些話都可以與戒律相比。凡為長者糞之禮一節，凡進食之禮一節，都很有意思。中云：

毋摶飯，毋放飯，毋流歠，毋咤食，毋齧骨，毋反魚肉，毋投與狗骨。

這用意差不多全是為得「莫令餘人得惱」，故為可取。僧祇律云：

不得大，不得小，如孀女兩粒三粒而食，當可口食。

又是很有趣的別一說法，正可互相補足也。居喪之禮一節也很好，下文有云：

鄰有喪，舂不相，里有殯，不巷歌。適墓不歌，哭日不歌。送喪不由徑，送葬不辟塗潦。

讀這些文章，深覺得古人的神經之纖細與感情之深厚視今人有過之無不及，《論語》卷四記孔子的事云：

子食於有喪者之側，未嘗飽也。子於是日哭則不歌。

實在也無非是上文的實行罷了。從別一方面發明此意者有陶淵明，在《輓歌詩》第三首中云：

向來相送人，各自還其家，親戚或餘悲，他人亦已歌。

此並非單是曠達語，實乃善言世情，所謂亦已歌者即是哭日不歌的另一說法，蓋送葬回去過了一二日，歌正亦已無妨了。陶公此語與「日暮狐狸眠塚上，夜闌兒女笑燈前」的感情不大相同，他似沒有什麼對於人家的不滿意，只是平實地說這一種情形，是自然的人情，卻也稍感寥寂，此是其佳處也。我讀陶詩而懂得禮意，又牽連到小乘律上頭去，大有纏夾之意，其實我只表示很愛這一流的思想，不論古今中印，都一樣地隨喜禮讚也。

民國廿五年四月十四日，於北平苦茶庵

（選自《風雨談》，北京：北新書局，1936 年）

劉香女

周作人

離開故鄉以後，有十八年不曾回去，一切想必已經大有改變了吧。據說石板路都改了馬路，店門往後退縮，因為後門臨河，只有縮而無可退，所以有些店面很扁而淺，櫃枱之後剛容得下一個夥計站立。這倒是很好玩的一種風景，獨自想像覺得有點滑稽，或者簷前也多裝着蹩腳的廣播收音機，吱吱喳喳地發出非人間的怪聲吧。不過城廓雖非，人民猶是，莫說一二十年，就是再加上十倍，恐怕也難變化那裏的種種瑣屑的悲劇與喜劇。木下杢太郎詩集《食後之歌》裏有一篇〈石竹花〉，民國十年曾譯了出來，收在《陀螺》裏，其詞云：

> 走到薄暮的海邊，
> 唱着二上節的時候，
> 龍鍾的盲人跟着說道，
> 古時人們也這樣的唱也！
> 那麼古時也同今日沒有變化的
> 人心的苦辛，懷慕與悲哀。
> 海邊的石牆上，
> 淡紅的石竹花開着了。

近日承友人的好意，寄給我幾張《紹興新聞》看。打開六月十二日的一張來看時，不禁小小的吃一驚，因為上面記着一個少女投井的悲劇。大意云：

> 城東鎮魚化橋直街陳東海女陳蓮香，現年十八歲，以前曾在城南獅子林之南門小學讀書，天資聰穎，勤學不倦，唯不久輟學家居，閒處無俚，輒以小説如《三國志》等作為消遣，而尤以《劉香女》一書更百看不倦，其思想因亦為轉移。民國二十年間由家長作主許字於嚴某，素在上海為外國銅匠，蓮香對此婚事原表示不滿，唯以屈於嚴命，亦無可如何耳，然因此態度益趨消極，在家常時茹素唪經，已四載於茲。最近聞男家定於陰曆十月間迎娶，更覺抑鬱，乃於十一日上午潛行寫就遺書一通，即赴後園，移開井欄，躍入井中自殺。當赴水前即將其所穿之黑色嗶嘰鞋脱下，擱於井傍之樹枝上，遺書則置於鞋內。書中有云，不願嫁夫，得能清禍了事，則反對婚姻似為其自殺之主因，遺書中又有今生不能報父母辛勞，只得來生犬馬圖報之語，至於該遺書原文已由其外祖父任文海攜赴東關，堅不願發表全文云。

這種社會新聞恐怕是很普通的，為什麼我看了吃驚的呢？我説小小的，乃是客氣的説法，實在卻並不小。因為我記起四十年前的舊事來，在故鄉鄰家裏就見過這樣的少女，拒絕結婚，茹素誦經，抑鬱早卒，而其所信受愛讀的也即是《劉香寶卷》，小時候聽寶卷，多在這屠家門外，她的老母是發起的會首。此外也見過些灰色的女人，其悲劇的顯晦大小雖不一樣，但是一樣的暗淡陰沉，都抱着一種小乘的佛教人生觀，以寶卷為經史，以尼庵為歸宿。此種灰色的印象留得很深，雖然為時光所掩蓋，不大顯現出來了，這回忽然又復遇見，數十年時間恍如一瞬，不禁愕然，有別一意義的今昔之感。此數十年中有甲午戊戌庚子辛亥諸大事，民國以來花樣更多，少信的人雖不敢附和謂天國近了，大時代即在明日，也總覺得多少有些改變，聊可慰安，本亦人情，而此區區一小事乃即揭穿此類樂觀之虛空者也。

北平未聞有寶卷，寶卷亦遂不易得。湊巧在相識的一家舊書店裏見有幾種寶卷，《劉香女》亦在其中，便急忙去拿了來，價頗不廉，蓋以希為貴歟。書凡兩卷，末頁云，同治九年十一月吉日曉庵氏等敬刊，版存上海城隍廟內翼化堂善書局，首頁刻蟠龍位牌，上書「皇圖鞏固，帝道遐昌，佛日增輝，法輪常轉」四句，與普通佛書相似。全部百二十五頁，每半頁九行十八字，共計三萬餘言，疏行大字，便於誦讀，唯流通甚多，故稍後印便有漫漶處，書本亦不闊大，與幼時所見不同，書面題辛亥十月，可以知購置年月。完全的書名為《太華山紫金鎮兩世修行劉香寶卷》，敘湘州李百倍之女不肯出嫁，在家修行，名喚善果，轉生為劉香，持齋念佛，勸化世人，與其父母劉光夫婦，夫狀元馬玉，二夫人金枝，婢玉梅均壽終後到西方極樂世界，得生上品。文體有說有唱，唱的以七字句為多，間有三三四句，如俗所云拈十字者，體裁大抵與普通彈詞相同，性質則蓋出於説經，所說修行側重下列諸事，即敬重佛法僧三寶，裝佛貼金，修橋補路，齋僧佈施，周濟貧窮，戒殺放生，持齋把素，看經念佛，而歸結於淨土信仰。這些本是低級的佛教思想，但正因此卻能深入民間，特別是在一般中流以下的婦女，養成她們一種很可憐的「女人佛教人生觀」。十五年前曾在一篇小論文裏說過，中國對於女人輕視的話是以經驗為本的，只要有反證這就容易改正，若佛教及基督教的意見，把女人看作穢惡，以宗教或迷信為本，那就更可怕了。《劉香女》一卷完全以女人為物件，最能說出她們在禮教以及宗教下的所受一切痛苦，而其解脫的方法則是出家修行，一條往下走的路。卷上記劉香的老師真空尼在福田庵說法，開宗明義便立說云：

你道男女都一樣　誰知貴賤有差分

先說男子怎樣名貴，隨後再說女子的情形云：

女在娘胎十個月　背娘朝外不相親
娘若行走胎先動　娘胎落地盡嫌憎
在娘肚裏娘受獄　出娘肚外受嫌憎
闔家老小都不喜　嫌我女子累娘身
爺娘無奈將身養　長大之時嫁與人

嫁人的生活還都全是苦辛，很簡括的說道：

公婆發怒忙陪笑　丈夫怒罵不回聲
剪碎綾羅成罪孽　淘籮落米罪非輕
生男育女穢天地　血裙穢洗犯河神
點脂搽粉招人眼　遭刑犯法為佳人
若還堂上公婆好　周年半載見娘親
如若不中公婆意　娘家不得轉回程

這都直截的刺入心坎，又急下棒喝道：

任你千方並百計　女體原來服侍人
這是前生罪孽重　今生又結孽冤深

又說明道：「男女之別，竟差五百劫之分，男為七寶金身，女為五漏之體。嫁了丈夫，一世被他拘管，百般苦樂，由他做主。既成夫婦，必有生育之苦，難免血水，觸犯三光之罪。」至於出路則只有這一條：

若是聰明智慧女　持齋念佛早修行
女轉男身多富貴　下世重修淨土門

我這裏仔細的摘錄，因為他能夠很簡要的說出那種人生觀來，如我在卷上所題記，淒慘抑鬱，聽之令人不歡。本來女子在社會上地位的低盡人皆知，俗語有「做人莫做女人身，百年苦樂由他人」之語。汪悔翁為清末奇士，甚有識見，其二女出嫁皆不幸，死於長毛時，故對於婦女特有創見。《乙丙日記》卷三錄其「生女之害」一條云：

人不憂生女，偏不受生女之害，我憂生女，即受生女之害。自己是求人的，自己是在人教下的。女是依靠人的，女是怕人的。

後又說明其害，有云：

平日婿家若凌虐女，己不敢校，以女究在其家度日也，添無限煩惱。婿家有言不敢校，女受翁姑大伯小叔妯娌小姑等氣，己不敢校，遂為眾人之下。

此只就「私情」言之，若再從「公義」講，又別有害：「通籌大局，女多故生人多而生禍亂。」故其所舉長治久安之策中有下列諸項：

> 弛溺女之禁，推廣溺女之法，施送斷胎冷藥。家有兩女者倍其賦。嚴再嫁之律。廣清節堂。廣女尼寺，立童貞女院。廣僧道寺觀，唯不塑像。三十而娶，二十五而嫁。女人服冷藥，生一子後服之。

又有云：

> 民間婦女有丁錢，則貧者不養女而溺女，富者始養女嫁女，而天下之貧者以力相尚者不才者皆不得取，而人少矣，天下之平可卜。

悔翁以人口多為禍亂之源，不愧為卓識，但其方法側重於女人少，至主張廣溺女之法，則過於偏激，蓋有感於二女之事，對於女人的去路只指出兩條最好的，即是死與出家，無意中乃與女人佛教人生觀適合，正是極有意義的事。悔翁又絜絜於擇婿之難，此不獨為愛憐兒女，亦足以表其深知女人心事，因愛之切知之深而欲求徹底的解決，唯有此忍心害理的一二下策矣。《劉香女卷》以佛教為基調，與悔翁不同，但其對於婦女的同情則自深厚，唯愛莫能助，只能指引她們往下走去，其態度亦如溺女之父母，害之所以愛之耳。我們思前想後良久之後，但覺得有感慨，未可贊同，卻也不能責難，我所不以為然者只是寶卷中女人穢惡之觀念，此當排除，此外真覺得別無什麼適當的話可說也。

往上走的路亦有之乎？英詩人卡本德云，婦女問題要與工人問題同時解決。若然則是中國所云民生主義耳。雖然，中國現時「民生」只作「在勤」解，且俟黃河之清再作計較，我這裏只替翼化堂充當義務廣告，勸人家買一部《劉香寶卷》與《乙丙日記》來看看，至於兩性問題中亦可藏有危險思想，則不佞未敢觸及也。

二十五年六月二十五日，於北平

（選自《瓜豆集》，上海：宇宙風社，1937 年）

碑

廢名

太陽遠在西方，小林一個人曠野上走。

「這是什麼地方呢？」

眼睛在那裏轉，吐出這幾個聲音。

他本是記起了琴子昨天晚上的話，偷偷的來找村廟，村廟沒有看見，來到這麼一個地方。

這雖然平平的，差不多一眼望不見盡頭，地位卻最高，他是走上了那斜坡才不意的收不住眼睛，而且暫時的立定了，——倘若從那一頭來，也是一樣，要上一個坡。一條白路長長而直，一個大原分成了兩半，小林自然而然的走在中間，草上微風吹。

此刻別無行人，——也許坡下各有人，或者來，或者剛剛去，走的正是這條路，但小林不能看見，以他來分路之左右，是可以的。

那麼西方是路左，一層一層的低下去，連太陽也不見得比他高幾多。他彷彿是一眼把這一塊大天地吞進去了，一點也不留連，——真的，吞進去了，將來多讀幾句書會在古人口中吐出，這正是一些唐詩的境界，「白水明田外」，「天邊樹若薺」。然則留連於路之右嗎？是的，看了又看，不掉頭，無數的山，山上又有許多大石頭。

其實山何曾是陡然而起？他一路而來，觸目皆是。他也不是今天才看見，他知道這都叫做牛背山，平素在城上望見的，正是這個，不但望見牛背山上的野火，清早起來更望見過牛背山的日出。所以他這樣看，恐怕還是那邊的空曠使得他看罷，空曠上的太陽也在內。石頭倒的確是特別的大，而且黑！石頭怎麼是黑的？又不是畫的⋯⋯這一遲疑，滿山的石頭都看出來了，都是黑的。樹枝子也是黑的。山的綠，樹葉子的綠，那自然是不能生問題。山頂的頂上有一個石頭，唯它最高哩，捱了天，——上面什麼動？一隻鷂鷹！一動，飛在石頭之上了，不，飛在天之間，打圈子。青青的天是遠在山之上，黑的鷂鷹，黑的石頭，都在其間。

一剎間隨山為界偌大一片沒有了那黑而高飛的東西了，石頭又與天相接。

鷂鷹是飛到山的那邊去了，他默默的相信。

「山上也有路！」

是說山之窪處一條小路。可見他沒有見過山上的路，而一見知其為路。到底是山上的路，彷彿是動上去，並不是路上有人，路蜿蜒得很，忽而這兒出現，忽而又在那兒，事實上又從山腳出現到山頂。這路要到哪裏才走？他問。自然只問一問就算了。然而他是何等的想上去走一走！此時倘若有人問他，做什麼人最好，他一定毫不躊躇的答應是上這條路的人了。他設想桃花灣正是這山的那邊，他有一個遠房親戚住在桃花灣，母親說是一個山腳下。他可以到桃花灣，他可以走這條路，但他又明白這僅僅是一個設想似的，不怎樣用力的想。

他沒有想到立刻上去——是何故？我只能推測的説是有這麼一個事實暗示着，太陽在那邊，是要與夜相近，不等他上到高頭，或者正上到高頭，昏黑會襲在他的頭上。

總之青山之上一條白道，要他仰止了。至於他是走在綠野當中大路上，簡直忘卻，——也真是被忘卻，他的一切相知，無論是大人或小孩，誰能平白的添進此時這樣的一個小林呢？倘若頃刻之間有人一路攀談，談話的當兒也許早已離開了這地方罷。

但是，一個人，一掉頭，如落深坑，那邊的山又使得這邊的空曠更加空曠了，山上有路，空曠上有太陽。

依然慢慢的開步子，望前面，路還長得很，他幾乎要哭了，窘——

「這到底是什麼地方呢？」

突然停住了，遠遠路旁好像一隻——不，是立着的什麼碑。

多麼可喜的發現，他跑。

見了碑很瞧不起似的——不是説不好看，一塊麻石頭，是看了碑上的四個大字：

阿彌陀佛

阿彌陀佛，誰也會唸，時常到他家來的一個癩頭尼姑見了他的母親總是唸。

他又有一點稀奇——

「就是這麼『阿彌陀佛』。」

聽慣了而今天才知道是這麼寫。

石碑在他的心上，正如在這地方一樣，總算有了一個東西，兩手把着碑頭，看不起的字也盡盡的看。到了抬頭，想到回去，他可怕了，對面坡上，剛才他望是很遠，現在離碑比他所從來的那一方近得多，走來一個和尚。

他頓時想起了昨夜的夢，怪不得做了那麼一個夢！

雖然是一天的近晚，究竟是白天，和尚的走來隨着和尚的袍子的擴大填實了他，那裏還用得着相信真的是一個人來了？

未開言，和尚望他笑，他覺得他喜歡這個和尚。

最有趣的，和尚走近碑，正面而立，唸一聲阿彌陀佛，合什，深深的鞠一個躬，道袍撒在路上，拖到草邊。

「小孩，你在這裏做什麼？」

「師父，你對這石頭作揖做什麼呢？」

兩人的問差不多是同時。

「這石頭——」

和尚不往下說了。這是所以鎮壓鬼的。相傳此地白晝出鬼。

他又問：

「這一處叫做什麼地方呢？」

「這地方嗎？　——你是從那裏來的？」

「我從史家莊來。」

「那麼你怎不知道這地方呢？這叫做放馬場。」

放馬場，小林放眼向這馬場看了。一聽這三個字，他喚起了一匹一匹的白馬。

馬到這裏來吃草倒實在好，然而很明白，這只是一個地名，馬在縣裏同駱駝一樣少，很小很小的時候他只在衙門口的馬房裏見過幾匹。

他是怎樣的悵惘，真叫他念馬。

「小孩，你頭上盡是汗。」

和尚拿他的袍袖替他扇。

「從前總一定放過的。」他暗地裏說，以為從前這裏總一定放過馬的了。著者因此也想翻一翻縣誌，可惜手下無有，不知那裏是否有一個說明？

「你回去嗎？我們兩人一路走。」

「師父往哪裏去呢？」

「我就在關帝廟，離史家莊不遠，——你知道嗎？」

「不知道，——我找了一半天村廟沒有找到。」

和尚好笑，這個孩子不會說話。

一句一句的談，和尚知道了底細。村廟就在關帝廟之側，不錯，樹林過去，如琴子所說，小林卻也恰恰為樹林所誤了，另外一個樹林過去，到放馬場。

兩個人慢慢與碑相遠。

「師父，關公的刀後來又找着了，——我起初讀到關公被殺了的時候，很着急，他的馬也不吃草死了，他的青龍偃月刀落到什麼人手上去了呢？」

突然來這麼一問，——問出來雖是突然，腦子裏卻不斷的糾纏了一過，我們也很容易找出他的線索，關帝廟，於是而關公，關公的刀，和尚又是關公廟裏的和尚。

和尚此刻的心事小林也猜不出呵，和尚曾經是一個戲子，會扮趙匡胤，會扮關雲長，最後流落這關帝廟做和尚，在廟裏便時常望着關公的通紅的臉發笑，至今「靠菩薩吃飯」已經是十幾年了。

「你倒把《三國演義》記得熟，——青龍偃月刀曾經落到我手上，你信嗎？」和尚笑。

這個反而叫他不肯再説話了。和尚也不説下去。

他走在和尚前，和尚的道袍好比一陣雲，遮得放馬場一步一步的小，漸漸整個的擺在後面。

一到斜坡，他一口氣跑下去。

跑下了而又掉頭站住，和尚還正在下坡。

山是看得見的，太陽也依然在那塊，比來時自然更要低些。

（選自《中國新文學大系散文一集》，上海：上海良友圖書公司，1935 年）

天目山中筆記

徐志摩

佛於大眾中　說我當作佛
聞如是法音　疑悔悉已除
初聞佛所說　心中大驚疑
將非魔作佛　惱亂我心耶

——《蓮華經譬喻品》

山中不定是清靜。廟宇在參天的大木中間藏着，早晚間有的是風，松有松聲，竹有竹韻，鳴的禽，叫的蟲子，閣上的大鐘，殿上的木魚，廟身的左邊右邊都安着接泉水的粗毛竹管，這就是天然的笙簫，時緩時急的參和着天空地上種種的鳴籟。靜是不靜的；但山中的聲響，不論是泥土裏的蚯蚓叫或是轎夫們深夜裏「唱寶」的異調，自有一種各別處：它來得純粹，來得清亮，來得透徹，冰水似的沁入你的脾肺；正如你在泉水裏洗濯過後覺得清白些，這些山籟，雖則一樣是音響，也分明有洗淨的功能。

夜間這些清籟搖着你入夢，清早上你也從這些清籟的懷抱中蘇醒。

山居是福，山上有樓住更是修得來的。我們的樓窗開處是一片蓊蔥的林海；林海外更有雲海！日的光，月的光，星的光：全是你的。從這三尺方的窗戶你接受自然的變幻；從這三尺方的窗戶你散放你情感的變幻。自在；滿足。

今早夢回時睜眼見滿帳的霞光。鳥雀們在讚美；我也加入一份。它們的是清越的歌唱，我的是潛深一度的沉默。

鐘樓中飛下一聲宏鐘，空山在音波的磅礴中震盪。這一聲鐘激起了我的思潮。不，潮字太誇；說思流罷。耶教人說阿門，印度教人說「歐姆」「O——m」，與這鐘聲的嗡嗡，同是從撮口外攝到合口內包的一個無限的波動：分明是外擴，卻又是內潛；一切在它的周緣，卻又在它的中心：同時是皮又是核，是軸亦復是廓。這偉大奧妙的「Om」使人感到動，又感到靜；從靜中見動，又從動中見靜。從安住到飛翔，又從飛翔回復安住；從實在境界超入妙空，又從妙空化生實在：

「聞佛柔軟音，深遠甚微妙。」

多奇異的力量！多奧妙的啟示！包容一切衝突性的現象，擴大霎那間的視域，這單純的音響，於我是一種智靈的洗淨。花開，花落，天外的流星與田畦間的飛螢，上綰雲天的青松，下臨絕海的巉岩，男女的愛，珠寶的光，火山的溶液：一嬰兒在它的搖籃中安眠。

這山上的鐘聲是晝夜不間歇的，平均五分鐘時一次。打鐘的和尚獨自在鐘頭上住着，據說他已經不間歇的打了十一年鐘，他的願心是打到他不能動彈的那天。鐘樓上供着菩薩，打鐘人在大鐘的一邊安着他的「座」，他每晚是坐着安神的，一隻手挽着鐘槌的一頭，從長期的習慣，不叫睡眠耽誤他的職司。「這和尚」，我自忖，「一定是有道理的！和尚是沒道理的多：方才那知客僧想把七竅蒙充六根，怎麼算總多了一個鼻孔或是耳孔；那方丈師的談吐裏不少某督軍與某省長的點綴；那管半山亭的和尚更是貪嗔的化身，無端摔破了兩個無辜的茶碗。但這打鐘和尚，他一定不是庸流不能不去看看！」他的年歲在五十開外，出家有二十幾年，這鐘樓，不錯，是他管的，這鐘是他打的（說着他就過去撞了一下），他每晚，也不錯，是坐着安神的，但此外，可憐，我的俗眼竟看不出什麼異樣。他拂拭着神龕，神坐，拜墊，換上香燭，掇一盂水，洗一把青菜，捻一把米，擦乾了手接受香客的佈施，又轉身去撞一聲鐘。他臉上看不出修行的清癯，卻沒有失眠的倦態，倒是滿滿的不時有笑容的展露；唸什麼經；不，就唸阿彌陀佛，他竟許是不認識字的。「那一帶是什麼山，叫什麼，和尚？」「這裏是天目山，」他說。「我知道，我說的是那一帶的，」我手點着問。「我不知道，」他回答。

山上另有一個和尚，他住在更上去昭明太子讀書台的舊址，蓋着幾間屋，供着佛像，也歸廟管的，叫作茅棚。但這不比得普渡山上的真茅棚，那看了怕人的，坐着或是偎着修行的和尚沒一個不是鵠形鳩面，鬼似的東西。他們不開口的多，你愛佈施什麼就放在他跟前的簍子或是盤子裏，他們怎麼也不睜眼，不出聲，隨你給的是金條或是鐵條。人說得更奇了。有的半年沒有吃過東西，不曾挪過窩，可還是沒有死，就這冥冥的坐着。他們大約離成佛不遠了，單看他們的臉色，就比石片泥土不差什麼，一樣這黑棗刺刺，死僵僵的。「內中有幾個，」香客們說，「已經成了活佛，我們的祖母早三十年來就看見他們這樣坐着的！」

但天目山的茅棚以及茅棚裏的和尚，卻沒有那樣的浪漫出奇。茅棚是盡夠蔽風雨的屋子，修道的也是活鮮鮮的人，雖則他並不因此減卻他給我們的趣味。他是一個高身材，黑面目，行動遲緩的中年人；他出家將近十年，三年前坐過禪關，現在這山上茅棚裏來修行；他在俗家時是個商人，家中有父母兄弟姊妹，也許還有自身的妻子；他不曾明說他中年出家的緣由，他只說「俗業太重了，還是出家從佛的好。」但從他沉着的語音與持重的神態中可以覺出他不僅是曾經在人事上受過磨折，並且是在思想上能分清黑白的人。他的口，他的眼，都泄漏着他內裏強自抑制，魔與佛交鬥的痕跡；說他是放過火殺過人的懺悔者，可信；說他是個回頭的浪子，也可信。他不比那鐘樓上人的不着顏色，不露曲折；他分明是色的世界裏逃來的一個囚犯。三年的禪關，三年的草棚，還不曾壓倒，不曾滅淨，他肉身的烈火。「俗業太重了，不如出家從佛的好」；這話裏豈不顫慄着一往懺悔的深心？我覺得好奇；我怎麼能得知他深夜趺坐時意念的究竟？

佛於大眾中　說我當作佛
聞如是法音　疑悔悉已除
初聞佛所說　心中大驚疑
將非魔作佛　惱亂我心耶

但這也許看太奧了。我們承受西洋人生觀洗禮的，容易把做人看得太積極，入世的要求太猛烈，太不肯退讓，把住這熱虎虎的一個身子一個心放進生活的軋牀去，不叫他留存半點汁水回去；非到山窮水盡的時候，決不肯認輸，退後，收下旗幟，並且即使承認了絕望的表示，他往往直接向生存本體的取決，不來半步闌珊的收回了步子向後退：寧可自殺，乾脆的生命的斷絕，不來出家，那是生命的否認。不錯，西洋人也有出家做和尚做尼姑的，例如亞佩臘與愛洛綺絲，但在他們是情感方面的轉變，原來對人的愛移作對上帝的愛，這知感的自體與它的活動依舊不含糊的在着；在東方人，這出家是求情感的消滅，皈依佛法或道法，目的在自我一切痕跡的解脫。再說，這出家或出世的觀念的老家，是印度不是中國，是跟着佛教來的；印度何以會發生這類思想，學者們自有種種哲理上乃至物理上的解釋，也盡有趣味的。中國何以能容留這類思想，並且在實際上出家做尼僧的今天不比以前少（我新近一個朋友差一點做了小和尚！），這問題正值得研究，因為這分明不僅僅是個知識乃至意識的淺深問題，也許這情形儘有極有趣味的解釋的可能，我見聞淺，不知道我們的學者怎樣想法，我願意領教。

一九二六年九月四日《晨報副刊》

（選自《巴黎的鱗爪》，上海：新月書店，1927 年）

山中雜記

徐祖正

一

一上午整理行裝，心中略帶難過。想到我要與這個住熟的家庭分別了，我實在覺得捨不得。這是感傷病麼？我照實對李牧師說，又照實寫信對啟民兄說。看李牧師也像對我依依。他要我再一同吃一次中飯後走。中飯後，叫來的藤轎已在大門外等候我了。坐進藤轎，在大門口與李老太太李牧師等道別。兩件行李叫了挑夫跟在後面。毛金華也跟着送我進山去。昨夜來沒有睡好，今朝來頭沁沁的不舒服。不一會轎子已出了北門。左邊的群山蒼翠。眼見漸入山道，常在鬱蔥的樹林中經過。只有轎夫們着地的腳踵聲斫破了山林中的靜寂。我在轎子內想道此去不知安吉如何。那種大寺院，給我糊里糊塗搬了進去，後來如何酬謝？於是更覺得膽餒。轎子到山門了。我泰泰然的走進去。穿過好幾進大殿，走到隱秀的方丈裏去。香伙出來招呼，說當家今天進城去了。看那個香伙還和善可親。他領我到前天看定的後院一個房間裏去。後面的行李及毛金華等也來到了，搬進房間來。要毛金華給我安排定當後，教他早早回去罷。教他留住在李家幫他們的忙。他去後我倒臥在牀上。休息多時方能把方才不安的心緒鎮靜下來。此刻起牀來走到房間外的小院裏去。隔牆是個竹林。雜有高古的大樹。枝葉滿蓋在院子上，我住的屋面上，有陰雨的樣子。鷹鳥的飛舞徊翔特別的多。走到前院，會見那位監院西境師。他是個非常拘謹的人。他又要陪我走了。我只得反爾陪他走走似的，和他在寺內從這殿走到那殿。又走到隔壁那個竹林裏去。西境師在竹林下仰昂了頭，兩手舉起了寬敞的海青袖叉着腰，靜看了一回飛翔鳴叫的鷹鳥，指點我而説道：

「每逢天氣快變，鷹鳥必定那麼多。」

我像就是聽了那句話也還領會不到禪意似的，只是唯唯。我又陪他回來，走過幾個大殿，走進方丈，到我的房裏。他陪我坐了一回而去。我從此是一個人！心裏着實感到一種莫名的悲傷。像被世人離棄了的那種悲傷。深山的古寺裏真是清寂。心腦腸腑都是透徹那樣的清寂。香伙端晚飯來了。還適口。吃了到山門外右邊那個高坂上去。發現去年夏天與王仲廉朱若水兄等曾遊之地，那個懸崖上的大石橋邊。黃橙橙的山百合開在薄暮的溪谷裏。下面有幽靜的鐘磬聲了。

清晨入古寺　初日照高林
曲徑通幽處　禪房花木深
山光悦鳥性　潭影空人心
萬籟俱此絕　唯聞鐘磬聲

唐朝常建的這首破山寺後禪院的絕唱正是歌詠這個今名的虞山興福寺了。我住的後院或許就是常少府駐足地的後禪院罷。那末這個鐘磬聲也是同一的鐘磬聲麼？我不再穿鑿了。因為同一地方同一鐘磬聲，而聽的人不同，有什麼相干呢？近來每多這樣的歎息。

不過我得了一個考證。第二句中的高林本可作為高古的樹林解。通行的唐詩解註本上好像是那麼解釋的。此刻在寺境內廟壁上發現一塊石碑，是米芾寫的這首詩。而旁邊又有一個小碑，説破山寺之東相距一箭地有一高林寺。本來從北門外的大街轉到這興福寺走的那條二里餘的林路上最初必先經過的是那高林寺。而此刻就是高林寺的遺址也是渺焉難尋的了。

《梅村集》中有首《夜發破山寺別鶴如上人》。

得來松下宿　初月澹相親
山近住難定　僧高別更真
暗泉隨去馬　急月捲婦人
過盡碧雲處　我心惭隱淪

那位西境師看來頗有修養，不見得不是高僧。我固尚未與他作別。然而照我近來空漠的心懷，雖到臨別，雖別的真，也不見得有詩了。萬事只有祈禱！

二

記得在興福寺後面的山腹裏有一個名簾珠洞的古剎。出門當時原來抱了這個目的在心，如今是沿着溪流邊的幽徑慢慢地走去。舉眼不見天日的那麼茂密陰森的雜樹林，圍繞着我的去路。只找漸向高坡去的小徑走上去，大概必定找得到那個目的地。從習慣成了性僻，每逢走生路不喜歡問人。在密林裏也有茅屋幾椽的小村落，偶爾在滿罩綠蔭的農場邊發見個把面貌謹樸的農夫，自己也不想去問他，只同他打個招呼走過。

那條悠靜的山溪在不知幾時已與我分手而去了。自己此刻已在地勢稍高的林墓叢裏了。在疏鬆的清朗裏見到許多規模宏大的古墓。及到走近去一看，也只是「江西省候補縣丞王公〇〇之墓」，「加一級同如銜周公〇〇之墓」等算不上什麼顯宦高官，而死後的排場已經如是，想見他們生前的享受，也定比我們亂世之民高出萬倍了。如是從而生起了思古之幽情。對於古時的追慕往往生起對於現代的嫌惡。寢饋於古書籍的人們也難怪要去咒詛近代的文藝了。

愈到了高處，古墳愈多。從疏林間豁處望見方才從那裏面披拂而過的那些蔥翠的密林。身上覺得熱而有點疲憊。但是目的地的簾珠洞還不知道在那裏。盡在這些荒墳裏亂走，心裏委實也有些空洞的膽怯。

略帶了些焦躁的努力，被我攀上了那個小岡的頂巔了。就在那個頂巔上看出一條較闊的大道。只有這條大道一定可通簾珠洞去——自己好像心有把握似的恢復了勇氣。

順着那條大路也走了好些時候。越過了一個岡巒轉面處，忽然之間一個展開的峽谷呈現在眼面前。另一嶂聳起在隔一深谷的對岸。我的視線渺遠的飄到谷底展合處的山峽裏，似有一座久斷香火的古刹。看到對面的山腹處也有蜿蜒着的幾條引領到那座古刹去的山路。遠望那幾條山路，宛如盤旋的細索，寬鬆鬆繫縛在那個腰部。漫步走去，設想到對面那些條條的山路上不知走過了多少虔敬的、迫切的、熱誠的朝山者；那些蜿蜒的山路本身好像能從遠處在那裏陳說。可是那一條山路是哪一個人走開的呢，這是等於「江上何人初見月」那個永久的謎問了。我一頭心想着那個謎問，走着下坡的山路。逐漸清晰的那個山峽底裏的古廟映進到眼簾上來了。直覺到那個就是我要找尋的簾珠洞了。初夏的殘陽還是熱烘烘的從對岸的山上面射下來。順道而下，就到了懸在兩峽上面的一條巨岩石橋上。自己已在由下而上仰瞻得到廟門上一塊剝蝕了的《簾珠古庵》的匾額位置上，橋頭盡處又有一座巨大的岩石。那座廟是建築在巨岩本身上，從此俯臨下視於兩峽之間，渺遠地維繫着緣着山腹間的細道而來的人們的心魂的。

走上那個巨岩邊的石級，踱進剝蝕匾額下的山門，見到一個院子。院子對面是正殿了。殿內照例的地方有些照例的佛像。終是不見人面。只有看得出時常打坐的一個蒲團及旁邊一腳懶椅上面的蒲團，好像留着人去不久的凹窩，並且表出一種枯寂裏的安靜。正殿後面是後院，又信步走入側殿都不見人影。又從側殿穿了幾所空屋，適巧又到了方才山門的近旁來。那所空屋的窗子是俯臨澗谷的，我在那邊暢了些神然後又從山門走出。在空廟裏穿了一周，心裏更其覺得怪空漠的。下了原來的石級，只有歸去的路了。坐了下來休息。眼看岩石橋彼岸的山路上還曬着太陽。心想道等那個太陽曬過了對岸的山路然後回去罷。而回頭去看背後嶂上的日頭卻已見不到了。正在那時，我的視線偶爾飄到方從上面走下來的那山門前的巨岩平台上去，見到高高地在巨岩石上聳着一個對着下面靜視的人影。那個人影上面適巧有些樹蔭遮着，現得那人的臉貌不甚清晰。他既無動作又無聲息，只是入了定的那樣對着下面靜視。下面被他靜視的只有我。我又看到那人體格之雄偉。雖在他的靜默中得到了些尊嚴之感，畢竟在如此荒山裏，有點膽怯。於是我也保持不出聲，悠然眼看着對岸山路上的日腳。

我又回頭去看他時，他從靜視的狀態變在那裏漫步了，但還注視着我。我於此時看到他身上是穿的僧服。我此時方稍安心，一頭仍注視他在上面那個龍行虎步的樣子。我們對看了好幾次，他先開口了。

「何不上來坐坐去。」

「這裏很好，謝謝你。」

我如是回答後又看他兩手叉着腰一頭走着，向山谷下凝望的姿勢非常雄偉。於是我就覺得要和他攀話去了。自發的走上石級去。和他初次接談時就覺得自有出家人那樣現露於言語眉目上的謙遜萎縮。請教姓名後，知道他名「永一」，安徽人，宣統二年出的家，早先是務農的。我覺得再不好尋問他所以出家的原因。因為想到出家人定有想定了的一念。這個一念或是什麼，或是什麼，大都就在口頭，而有時說也說不出口的。

我聽他說在這幾年間已走遍名山，如峨眉五之類。每到一處可以任意居留。路上又是隨緣食宿，身上可以不帶路銀。我聽了非常欣羡他。我說「你們出家人真是來去自由」，那麼讚美他的僧侶生活。他照例是那副謙遜萎縮的言語眉目對我說道「我們這些是世上沒用的人」。我看出他說話時也並非故事謙遜。在如此荒山窮谷裏，一個人朝朝暮暮的枯寂下去，自己當然有被一切的世人離棄以後的焦痛。方才正殿內的那個打坐的蒲團以及旁邊那個竹榻可以說明他的起居生活了。

「那裏的話。世上無論什麼人，為自己修心養性都是要緊的。關於這一點，你們比什麼人都有獨到處。」我的話結局還是讚美。

我問他澗橋左邊山腹上的幾條山道可通何處，他說可達中峰。於是談到了此刻還住在中峰山廟裏我此次尚未見面過的舊友 S 君來。他說S君每逢晴日，常常越嶺而來，暢談竟日而去。他也知道S君從外國回來後，娶得了一位賢慧夫人。他聽說我與S君在同一的外國有相當友誼的，於是他就在我面前陳述了S君為人如何清高，求學如何懇切。我眼看到下面條條的山路，說時常有S君的足跡，因之渺想到好久不見的舊友S君那邊去；又沉思到那位S君把說是美滿的家庭，賢慧的夫人拋撇開了，來到這種荒山裏獨自枯居着的他生活的自得處。

眼看對面山路上的日腳已經移過了好久，被左邊的崷嶂遮住，一不在意，已是晚色蒼茫的周圍了。問了歸路，他說依着對面那條寬闊的山路，一直走去就可不走方才的密林，直達興福了。我在晚色蒼茫裏與永一和尚告別。走下石級，踱過澗橋，一步步走着歸路的坂道。一回頭去，看見那邊岩石邊樹蔭下依然有個屹然不動作雄偉凝視狀的和尚。「望之儼然，接之也溫」我在永一師身上記出那句話來。

「我們是沒用的人。」那句話又奇異似的浮現在歸途的心懷上。同時又有說那句話時，那永一和尚臉上表現的枯寂神情。一忽爾又渺想到住在只隔一嶺遠的中峰山廟裏那個舊友來了。他是先我回國來，在一個江南著名的學校裏找到了職業，不久就在那個學校裏娶到那位賢慧夫人。他的豔聞飄進我們海外羈客的耳朵時，大家現出的欣羡神色！去夏與朱湘同來常熟，在酒席上的談話裏，聽那個S說道「什麼新婚的幸福，和愛的家庭，都只是瞬間時日的滿足罷了。」在那時知道他住進山廟裏已有一二年。他住處此刻還在山廟裏……夜色蒼茫的山路走盡時，一抬頭去，前面高林盡處的夾道中黃牆上《興福禪寺》那個巨大的匾額，已隱隱在望了。

「這個世界以外定有另一個也能使人安住的世界。我今天的心胸寬暢極了。」心中那麼自得的時候，前院已聞得木魚聲，幽遠的鐘磬聲了，在靜寂的清夜山寺裏。

三

勞倦極了，勞倦極了。昨天走路太多，夜間苦楚又發。今晚夜飯後只在寺門外走走。沿着林道右邊又走到了那條離寺門不遠的高坂上巨岩石橋邊去。橋上徘徊了些時，發見有一條黃石子鋪成的山路在接近走着的山路地方。被大雨後的山水沖壞，初看認不出是條路了。只要在雜樹林下攀登三數丈遠就可以走上那條黃石子鋪成的路。想想上面究竟可通什麼地方罷，於是攀援而登，一步步走向前去。知道這是漸漸走在興福寺前對面的山頭上去。黃石子路是新鋪的，石子邊上還未脱鋒角，知道一向是少人往來。隨着幾個轉折，就到了盡頭處了。石路盡處是新建的一個大石墳。白石的華表，牌坊，石欄杆；直通塚穴的墓道都是整塊的白石砌成，兩邊是冷松靜木蔭罩着。牌坊上寫着「天寧塔院」，下面署名「弟子程德全謹書」，知道這是常州天寧寺老和尚的墳墓。看看這些白石已經所費不小了。又是愛發議論的性僻來了：「既然生在空門，又何必死後給他那麼物質上的壯麗呢。」

背着墓門，向山下遠眺去，又發見這個優良的地勢真是大費揀選而得的。下面層層的林木蔭子下就有藏蓋着的興福寺。把目光放到稍遠處去，有一片茂密的樹林，那裏面許多的道場僧舍都是興福寺的廟產。又望到目極處，那裏有渺渺一水與地平相接，知道就是揚子水色了。在墓畔出神了一會，再從白石墓道上深進去，深盡處是主穴的饅頭塚，這塚也用白石築成。塚的周圍又是方方一個鋪成白石面的小場，周圍都又是白石欄杆，後面緊接着山背了。比石碑坊處又高了一層，我以為此處當更無人跡，一個人正在高眺遠矚的時候，忽然從塚後現出一個白衣人來，我驟然為之一凜。但看那人倒並不理會。手裏拿着書，讀得很熱中的那樣，又像略帶微吟。身穿的就是所謂「衲」的那件短衣了。赤腳着的草鞋在石坂上走不出聲音。他見人似屬未見，只顧唸書。我也留了神，保持沉默。塚畔石欄杆邊發見有條上通山背的小道，也是用白石堆成的。我走完石級，眼前是一座小廟。望望裏面似有人住的。正在徘徊間方才那個白衣僧也走了上來和我打招呼。我也恭敬的回答他。他請我入內稍坐，我就不客氣的進去了。一直走到殿上，遂又走進他住的房間裏去坐下。我報姓名，他通名號。他名「徑西」，湖北襄陽人。我說往年到過湖北又曾到過襄陽（想起來那還是十四年前隨在所謂北伐軍營幕裏的時候），於是彼此好像找見了第二鄉親似的談得來了。他與昨天後山裏遇見的永一師不同，一見面就能告我出家的動機，又發揮了他為僧的抱負。說家裏本極富足，家鄉自遭白狼之亂，殺人如麻，人死還不如狗死。於是煩悶頓生，想到人生畢竟生從何處來，死到何處去。就此慨然出家，追求那個煩悶的解決。從家門出來，最初順着那條漢水而下，在武昌的洪山逗留了些時，從此又發腳東下，爾來也有若干年的求道歲月了。說在杭州住了兩年，此刻一個人住在這個歸興福寺管轄的天寧塔院裏。我看他年紀還輕，自有一種鄂人特有的表情。想道在我鄂中漂流的時代，他還是一個小孩年紀呢。本來白狼之亂，距今約莫也有了十年了罷。他人還誠實，從木板牆邊取出一個一磅容量的熱水壺來，倒出一杯白開水給我喝。和我説話時微有口訥，嘴唇邊時時起着痙攣。知道他已抵耐久了那種孤獨的壓迫。

畢竟徑西師年紀還輕，隨處有些棱角，時時有對我勸善説法的意思。我只讚他有志。我説新興的中國本來百事待舉。各宗教之復興又正其時了。宗教界也缺乏真正的人才。西哲有言曰：民族之覺醒須先有靈魂之覺醒。我説同一教主，我也理解釋迦之慈悲，而又景愛耶穌之血性。

一不在意，我自己也現了鋒芒與他發了議論了。急切下山來又是落寞的黃昏時分了。

一頭走着林間的夜路，想起方才天寧塔院裏那個徑西師房內板牆上懸着一本木刻顏真卿的大字碑帖，大概是他朝晚用作觀摹的。説也奇怪，我在武昌糧道街上也曾買過一本與他同樣的顏字帖，在那邊閒居時候還當真的臨摹了些時，如今還許在書篋內找得出。

「近來的僧侶中也盡有些奮發有為的人了。像那個徑西，總算是一個有志者。我更欽羨他那種堅決斬截徹底於孤獨的精神。覺得自己在風塵中所步的那條孤寂的道路，其實還算不上一回事……」一頭沉想着，沉想着，漫步踱進「興福禪院」裏去的是我。

四

木末芙蓉花　中山發紅萼
澗户寂無人　紛紛開且落

口吟着這首悠古的詩句，發見我的心又已沉靜而蘊潤。我是坐在東廂房長窗格下看着窗外院子裏木棚上的一顆玫瑰花。那個掩蓋半院的木棚上翠綠的葉子間有一朵朵灼紅的花。第一次走來發見這個花棚時候，心裏懷着一個絕大的驚異。有那麼幽麗的處所！玫瑰花是我向來心好的花名。山中靜院裏如今獨對着的是那麼繁富的玫瑰花叢。花下平鋪的庭石上真是錦繡滿堆樣的落紅繽紛了。小鳥在花枝間喙啄，把翠綠灼紅的葉瓣上晶瑩的珠滴毫不珍惜似的碎落下來。纖細的腳掌踐伏了軟嫩的花枝給了一個不意的反動後，它們就半帶輕狂，更是重重一踐，蓬——的一飛。晶珠萬滴，晶珠萬滴！我知道它們真是膽細的小鳥兒。如今飛過了砌着梅花瓦的白粉牆，躲進花瓦裏看得見後園密密的竹林裏去了。於是回來的是周圍的靜寂。只有那顆繁富的玫瑰花一朵朵向人含嬌，向人招展，向人點首，向人微笑——在靜寂的不言中。

澗户寂無人　紛紛開且落

我又那麼微吟着，在我的心頭，又在玻璃長窗格的東廂內走走。室內陳式之古樸而精雅，在滿堂的字畫中，在堅整的桌椅上表出。黝暗的天花板下掛着一堂四個玻璃的彩燈。燈的四角都有長長的流蘇。想到每逢大戶人家入山來做道場佛事，有的全家男女老幼都來山中住宿的時候，這間精舍是如何適合他們從俗世的情誼中提醒出對於往生者永久的哀思與追憶。想到那種時候也許有隨着家裏的尊長入山來伴伴熱鬧的男女青年們在這種流蘇氣的燈燭下偶然發見了另有一番莊嚴肅敬氣的尊長們的臉面時候，在他們她們軟玉温香的心弦上不知要加添多少人生的緊張味與深刻味。

與東廂成對稱式隔着一個中殿的有個西廂。裝潢陳式與東廂相仿。也是極幽致的一間客廳。長窗格外面的院子比之東廂卻狹小一半。那個白粉牆下的花壇裏面不是玫瑰花乃是已經開過了的杜鵑花樹。花壇前面是一個小小的金魚池。池北小石路通去的是個月字門。門內就是後院的西房——我住的房間前面小方天井了。站在小方天井裏與坐在西廂方整的紅木椅上越過了白粉牆可以看得到的綠竹與長松，這是接連東廂粉牆外以及圍繞後院的背面與我住房背面的那個後園了。東西兩廂間的中屋乃是方丈內最莊嚴的所在。正中設有一個高高的法座。座旁倒豎一根朱漆老樹根的法杖。法座後面屏門的上部以及兩邊牆壁的上部都掛着方形黑字朱漆的木牌。上面都寫着兩個一面的大字。什麼叫「升座」，「講經」，「傳戒」之類，也不知幾時應用，怎麼用法；總之是莊嚴的佛教規範。中殿前面是個較大的庭院。從這個庭院走過，向右再向左穿過一條長長的走廊，就可通到興福寺的本殿，從外面山門進來須先過一個中殿然後走到有「大雄寶殿」的本殿，再從本殿穿過長長的走廊進來的就是方丈了。

我方才從我的住房經過了後院中間的「影堂」從側門裏走進東廂去的。是深靜的下午。如今我又從東廂另一側門踱出來穿過有法座的中殿走到那個較大的庭院裏來。中庭兩邊也有梅花瓦砌着的粉牆。粉牆後面靠東一邊是庫房以及方丈監院等的住房，一邊又是精雅的客人房間預備進香入山來的人住的。當初我也看定那西邊的客房。後來監院西境師說有的客人恐怕嫌鬧，所以另在後院西房借作我的住房。有時日暮時分一個人在後院幽靜不過的住房內挨倦了走出來，經過了後院的「影堂」，穿過有法座的中間走到這個較大的庭院裏來立立，庭院裏也只有空廓的幽靜。在日暮時分空廓的幽靜裏，我站在中庭默聽前面大雄寶殿裏的誦經聲鐘磬聲由那個長長的走廊裏傳響過來。那個有數百人一起的大殿裏從沉靜含練的心喉裏傾吐出來的悠婉嘹亮的誦經聲往往使我駐足傾聽到幾乎失神。我每每想念到那數百和尚雖有根氣道心的厚薄深淺之別，但在崇高的殿宇內莊嚴的法相前他們從諳熟憶爛的經句中交流出來的那個融和一致的經聲不知有多少的恬靜，多少的默悟，多少的諦慰給於地上的男女。聽了他們肉的聲，生起了種種靈的景慕。這是我一向以來常在這個中庭內生起的景慕。今天時候尚早。雨中的中庭更極幽靜。石台上不見常常一個人坐着靜思默念的那個監院。遊人香客今天看來也是極少。我今天也是極少有的這種沉靜低徊的蘊潤心懷。

綠蔭簾半揭　此景清幽寂
行度竹林風　單衫杏子紅

像這麼半首詞句裏的江南初夏情景我此刻正在消受着呀！江南的春景可已被我在卧病的深山中暗度過的了。

中庭梅花瓦的白粉牆邊花壇內有枝葉並茂的芍藥花。真正的芍藥花還只是含苞未放。我走去彎下身子細看那些花蕾，有種伸展的勢力。可是時候未到，以前是務必想蘊蓄深藏緊緊捲抱着的那個花蕾的嫩白玉掌上面，可以看得到刻鏤着的紅細絲紋。想道這或許是千葉的所謂簇紅絲或是聚香絲種罷。

仰望天空，晴陰莫定。濃密的濕雲裏也間有一線陽光。或者再不會馬上又下朝晨那種滂沛的雨來的了。一個人低徊着，想想近來的孤獨不一定單給些苦楚來，能在孤獨的抵耐裏找到僅有的寬閒的我了。

正一個人在中庭散步自得之際，忽然從中殿內走出一個人來。衣貌風采是個中年紳士。我只好重回到觀看還未開放的芍藥花上。偶爾抬頭，看那個紳士似有和我招呼之意。在花前略略攀談，就知道紳士姓沈名心槎，本縣人，他自說早年到過日本。他說客廳裏尚有同來的朋友，要我進去會會。我有點強勉。說不如請他到我後院房間裏去坐坐。他固強，我只好走進西客廳去。見座中有一老者年五十許，清癯的面容，口音同是常熟。兩個青年，三十許人。老者姓蕭，少者二人都姓程。忽然少者的一人臉露驚訝的問我道：

「曾與先生認識，不知是否——」

「呀，你是程雪門兄？」

我大喜忙去同他握手，真是奇遇，真是奇遇！爽快極的談了一陣。那位沈先生也莫明所以的只是傍坐納罕。雪門兄形容還是從前，面貌稍枯瘦而蒼白。與他談話中時露不大和藹的板澀，或竟是板硬。本來他走的道路是險硬的商業場中。這位程雪門兄還是十五年前上海商校的舊同學。是那時一別以來的老同學。記得十五六年前同在二年級的時候，我曾用墨西哥銀二元買他一隻兩面銀殼用鑰匙開旋的老式時錶。記得我買後用了幾時覺得不大合適，於是我自己板轉了臉子強要他贖回了去的，我此刻一買和他談話，心裏真感到羞愧。我哪裏能夠怪他此刻的板臉呢！相約明天不下雨，擬在上午進城在逍遙遊會他，再一次談舊。因為說不久他又須往南洋去。

將要晚飯時又是一陣傾盆的大雨，其勢雄豪極了。晚飯後停了點。我冒了殘滴撐了傘從方丈走出，穿過長廊繞過本殿走出山門去看繞流山門而過的那條澗水。山門口的那條山溪已豐滿的了，濁水滔滔的在那裏無聲流去，踱過平板石橋從右手轉入山坂密林的石道上去。道旁高樹交叉，都像浸潤在綠水裏樣的滋翠。我慢步上走，想到那懸崖的大石橋畔一視那個洪流。正在走着想着的時候從遠處已聽到那個潺潺之聲。再前進去，聲勢雄大了。在轉折的坂道上望見對面綠翠的山崖上懸着那條巨大的瀑布。不久我就非常高興地得見了那條巨岩石橋下的洪流！

我手撐着傘，一個人獨立在那條懸橋上面，心裏被那個洪流驚懾住了。心裏起了惶恐。啊呀，我的靈魂何以那麼細弱！

我到底走過了石橋，站在遠一點地方，使我的心頭輕鬆一下那個水聲的威壓。雨後的峰巒黛翠媚人。想定了心神再又回到石橋上去，掙勁的站立了一回。橋下前後兩邊奔騰飛湍狂瀉而去的水勢這次似乎被我看了一下。

五

好幾天糊里糊塗的過了去。今天中飯後天氣極好，在院內散了一回步，想進後院的住房去看點書，繼續做點翻譯工作。對於自己的身體還沒有十分的自信，可是能夠在散步與工作裏忘記得進去，這已是很長久的時日與那麼久的忍耐之後的了。坐對着靠窗的桌子，又想把自己整個的飽和在那部心好的作品內然後一行一行的迻譯到自己拙吶的文字中，這在我已能鎮壓了不少的有時含籠到心胸上的悲哀了。不知好幾次在對着這件譯事的幽靜心氣中，忽然之間我把譯筆拋在一邊，激切地失聲哭了出來。如此哭過以後的平靜又是難於言傳的了。又想到我心的脆弱一半也由於我身體的脆弱。身體的脆弱或者漸漸地可以復元；那一半的心的脆弱我將如何去修補！

體驗到古昔人們雖在昇平之世把有為的心力灌注於抄寫經文的那種心境的，是這種瞬間。

把藝術來傾吐自己的悲哀，那在藝術至上主義者看來當然是值得非難的。因為藝術除掉為藝術本身以外不能夾雜任何的動機。但是不把藝術像宗教樣的懷抱情切隨處流泌出生命的感激來的，這也就是藝術觀念墮落的開始。以藝術為人類享樂的工具之一的，與以藝術為傾吐自己生活悲哀的人同是藝術宮殿裏的罪魁。

在這些地方我敬佩島崎藤村的那種人生的真摯，同時不離乎藝術的技巧的那種藝術家的態度與那個表現法。

藝術上的製作當然須要技巧或是參照歷來的成規。但是藝術家不應徒去模效人家的技巧，而應該採納自己內在的獨自的技巧。這個內在獨自的技巧，要用自己的心血點開得來的。

新藝術創生時期的人們除掉自然之外可說沒有下手處。而自然是雄大的，豪博的，流動的，幻變的，多致的。要怎樣誘引它到自己主觀的範疇內已經是煞費氣力的事。同時又須怎樣把它溶成客觀的存在以示現到與主觀同一的形體，這也只有一個法子：先把自己固有的那個範疇打得粉碎，然後只依着自然的形象去猛烈地追捉。最初也許是一無所得；或者即有所得也許是龐雜的，歷亂的。但是在這種沒我的投降自然而仍不失追捉之心，到有一旦可以滿載而歸的時候，那必定有自然同樣的那種豐富。有那種雄大，那種豪博，那種流動，那種幻變與那種多致。在近代的各種藝術運動史上放眼看去，都是那麼經過來了的。文藝上經了浪漫主義的震盪，自然主義的深沉，然後方才達到百花繚亂的各種流派的全盛時代。

藤村早年的散文著作差不多是直敍的自然描寫。這就是先把自己拋放到自然裏去。世人公認把自然主義的藝術確定到日本新文學裏去的三大家之一的時期的他的作品有《破戒》,《春》,《家》等的大作,以及其餘的短篇。我們由此可以知道他的成功在乎效法自然,打破自己固有的小規矩。我們接近到了日本現代所謂中堅作家的芳醇,那自然要不滿足於上述那幾部的過於樸直少文。但是看到自然主義的作家中有不知多少一時並駕乎大家之列,結果走到了藝術的絕境裏再無開展餘地,於是脱出文壇的主流屈節於通俗作家而湮沒的難以數計。而藤村能從黑暗的自然主義裏辟開新生路仍有深秋果熟樣的圓熟時期的藝術品饗惠我人的,一面是他詩人深湛的情熱,一面是他從自然的真摯中會得到的藝術的技巧。

這也就是他內在的獨自的技巧。我一頭迻譯他圓熟期藝術品之一的《新生》時候,我感到的是如此。

我在羨慕他的技巧以先,深深地嘆服他的真摯。

載《語絲》八一至一〇六期

(選自《中國新文學大系散文一集》,上海:上海良友圖書公司,1935年)

普陀山的幽默

祖慰

遊覽名勝古跡，都是為了覓得美感；而我遊完舟山群島的普陀山後，卻意外地獲得許多幽默感——

觀音怎麼成了第一把手？

當我還是小學生的時候，就從吳承恩的《西遊記》裏得知「南無大慈大悲救苦救難觀世音菩薩」住在南海（實際是東海）的普陀山上。孫悟空保唐僧取經，在路上遇妖不能解救時，就一個筋斗翻到普陀，向觀音匯報、請示和求援。沒想到，現在我也到普陀島來了。

有長者風度的嚮導，博學而富有幽默感。他對觀音娘娘的發跡史了解得頗為清楚。

他說：普天之下，佛教的最高領袖當是南無本師釋迦牟尼佛，二把手是坐在本師右邊的南無消災延壽藥師佛，三把手是坐在本師左邊的南無極樂世界阿彌陀佛。在一般廟宇裏，這一、二、三把手都供奉在大雄寶殿的正堂，面朝大門。他們的背後才供站在蓮花或鰲魚頭上的觀世音菩薩，面朝後門。論資排輩，觀音該是第四把手。唯有在普陀山，她卻成了第一把手，供奉在最大的圓通寶殿裏，神像也最大。而釋迦牟尼等的神像卻變小了，而且退居到三進殿裏，顯然降了級了。是誰膽大包天敢於調整佛國的最高領導班子？是人間的皇帝宋寧宗。公元一二一四年，他御賜「圓通寶殿」匾額，欽定普陀山為供奉觀音的道場。於是，在這「震旦第一佛國」裏，觀世音當上了女皇。後來，歷朝皇帝都默許這裏的特殊「人事安排」，沒給釋迦牟尼等落實政策，復職復位。觀世音呢，一向對皇帝也是很謙恭的。比如，她的名字和唐太宗李世民有一「世」字相同，就馬上避諱改名為「觀音」，或「觀自在」。由此可見，皇權大於神權，信徒們最聽觀音的話，觀音最聽皇帝的話。

這位嚮導見我們開懷大笑，興味正濃，又接着說：「觀音菩薩怎麼會以普陀為家的呢？有正史記載：唐懿宗咸通四年（公元八六三年），日本和尚慧鍔第三次來中國取經學佛，在五台山迎奉了一尊觀世音像，坐船回國時，在普陀島附近海面出事被阻。慧鍔認為這是觀世音佛不肯去日本，於是就在神奇的潮音洞（洞深二十多丈，海潮撞擊洞內，聲若驚雷）附近登岸，留下佛像，供奉在當地姓張的居民家。從此，觀音就在這兒紮根落戶，已歷一千多年。」

這番妙趣橫生的話激活了我的想像力。觀世音的祖籍是印度，也沒有聽說她正式加入中國國籍。在印度，觀音本是個男性，不知怎麼搞的，來到中國卻變成女的了。我想，她不願回印度，不肯去日本，可能是留戀中國給她的極高待遇，她在普陀當上了佛國一把手，而且至今還有那麼多崇拜者，每逢農曆二月十九日、六月十九日、九月十九日（傳說是觀音誕生、成道、出家紀念日），都有上萬人不遠千里擁來普陀，虔誠地禮拜、上香，她怎麼會捨得離開呢？卻也怪，「送子觀音」，顧名思義是職司送子的婦產科專家，在人類面臨「人口爆炸」危機的今天，她怎麼還那麼吃香？今天人類已登上月球，科學高度發達，她怎麼還有那麼多善男信女？稀奇！有趣！耐人尋味！

關公住進了觀音大殿

我來到普濟禪寺。據史載，清朝雍正皇帝曾「欽賜」七萬金造這座名震東南的巨剎。它前傍碧玉蓮花池，後依滴翠峰，靈鷲堂有樓軒一萬多平方米。規模宏大，景色秀麗，甲於全山。

我發現普濟禪寺有兩大逗人一樂的佛教奇觀。其一是在供奉觀音菩薩的大殿裏，近門處竟有一尊關公的神像！關羽有關帝廟，怎麼跑到洋菩薩觀音娘娘的大殿裏來「三同」了呢？我把這個問題向同遊者提了出來，引起一場想像力豐富的爭論。

一位博於古的長者說：「佛教要在中國站住腳，必須儒化。關公是得中國人心的儒神，為了佛教得人心，所以就把他敬請到佛堂來了。」

「不，不是這個原因」，一位通於今的文壇新彥表示異議。他對佛洛伊德頗有研究，提出了一個令人瞠目的解釋：「按理，關公進觀音殿是有悖男女授受不親之禮的。因此，只能用佛洛伊德的精神分析去解釋：異性相吸。有人也許會反駁，說關公的作風很正派，嫂子在裏屋睡覺，他通宵達旦坐在門口讀《春秋》，沒有一絲邪念。其實這是違反人的自然屬性的謊話，他肯定有『里比多壓抑』，不然為什麼臉憋那麼紅？再說觀音，她專管送子生殖，職業決定她也有『里比多壓抑』。所以，請關羽進觀音堂是順乎天理、合乎佛性和人情的。」

「罪過！罪過！」我們被他怪誕的泛性論的理論逗樂了，「小心菩薩割你的舌頭！」

我條件反射地趕緊看看有八點八米高的毗盧觀音像，看她動怒沒有；還好，她臉不變色心不跳，能聽進一切不同意見。大慈大悲！

觀音敢於亮出複雜性

走向大殿兩側，使人歎為觀止的，便是另一大奇觀。那兒不是通常的十八羅漢，而是觀音菩薩的三十二化身。觀音為佛處世並非只有一副大慈大悲相，而是有着三十二副不同的面孔。上至「龍王身」、「帝釋身」，下至「惡鬼夜叉身」，一會兒是面目清秀的男和尚「比丘身」；一會兒是三頭六臂的女性「阿修羅身」；還有其醜無比的、倒掛八字眉、瘦骨嶙峋的「非人身」，以及手托荷花、袒胸露臂頗像西洋影星一樣豔麗浪漫的「天身」……美醜善惡，應有盡有，讓人眼花繚亂。

我頓時對觀音產生很大的好感，覺得她襟懷坦白，敢於把自己的複雜性亮出來。在這一點上她沒有儒化。孔子要為長者諱、尊者諱、賢者諱、上者諱，一旦當上長者、尊者、賢者、上者，就只有一副居高臨下的、臉帶三分笑……的神聖面孔。釋迦牟尼佛、藥師佛、阿彌陀佛、文殊菩薩、地藏王……全是這樣的面孔！唯有觀音敢於亮出本色，一分為三十二。

最有趣的是觀音第三十化身——「人身」：男秀才，拿本書，越看表情越愁苦。是因為研究學問太難？還是因為知識分子政策沒落實到他頭上？觀音又為何把讀書人作為「人身」代表？應是有她的道理的。我未能引經據典，不敢妄加推斷，只好姑且存疑毋論。

信則有，不信則無

背山臨海，有個優美的去處——悦嶺文物館。那裏不僅可見「黃如金屑軟如苔」的千步沙灘，可聽「萬馬突圍天鼓碎」的海濤之聲，還可賞一千餘件傳世奇珍。我最感興趣的是孫中山一九一六年八月二十四日遊普陀山寫下的一篇遊記，名曰《遊普陀志奇》。可惜原件已在「文革」中丟失，展出的只是影印件。

這篇奇特的遊記上寫着，孫中山登最高的佛頂山來到慧濟禪寺時，覺得「寺前恍若矗立一件偉麗之牌樓，仙葩組錦，寶幢舞鳳，而奇僧數十，窺厥狀似乎來迎客者」。他正在詫異，又見牌樓「中有一大圓輪，盤旋極速……方感想間，忽杳然無跡」。進佛頂山慧濟寺後，他急問同遊的胡漢民、朱執信等人，別人都説毫無所見。孫中山深以為奇，讓旁人執筆、自己過目而寫下了《遊普陀志奇》，並蓋上「月白風清」的陰文篆刻章。

民主革命的先驅、受過完備科學教育的無神論者孫文，竟然會親眼看到觀世音顯靈！

如果讓一位心理學家來分析，卻不足為奇。人和觀音一樣，本應該有幾十個化身。人生幾十年，受各種教育和各式社會影響，全在大腦裏儲存起來，一旦具備某些條件，就會把某種相應的潛在意識誘發出來，就像電腦按指令提取儲存信息一樣。孫中山小時候肯定聽老一輩講過觀音，在神話書上讀到過關於觀音的描寫。雖然後來的無神論思想把那些信念壓到潛意識中去了，但是他到了普陀這個環境，處處都顯示觀音的存在——在潮音洞附近的岩石上還「留下」一個觀音娘娘的大腳印呢！——這就不難誘發孫中山產生觀音顯靈的幻覺。

然而，常人有個普遍的心理：當自己的感覺與偉人的感覺相矛盾時，勿需事實檢驗，便毫不含糊地否定自己，而以偉人的感覺為準。和尚懂得這個「一句頂一萬句」的心理，就十分珍視孫中山的幻覺，以之作為觀音顯靈的鐵證。若問：「為何胡漢民沒見？」和尚會用萬靈的佛家語回答你：「信則有，不信則無；誠則靈，不誠則不靈。」由此可悟出一個道理：偉人若產生錯覺，就會變成偉大的錯覺；就會使常人的一切感覺失靈！

一位掛有醫科大學校徽的青年教師對我的觀點大不以為然，他說：「相信偉人也是人，也有產生錯覺的可能，晚上睡覺也可能會說夢話，感冒時也會打噴嚏，而且一定含菌，絕不會是瑞靄香霧，那麼，我們只該相信偉人經得起檢驗的偉論。哦，還有一件，要相信自己的感覺、知覺和思辨力！」

這樣，對孫中山的《遊普陀志奇》就可以用得上萬靈的佛家語了：「信則有，不信則無！」

釋迦牟尼的成長史

在大乘庵，有個長達九米的大臥佛——釋迦牟尼的涅槃之相。涅槃是梵文音譯，意思是「圓寂」，就是死。佛家不叫死，而是說釋迦牟尼修成正果、教化眾生之後，作「寂滅」相。

臥佛，司空見慣，引不起我的興味。但這兒卻有些希罕之物。大殿兩側牆壁上掛有十六幅畫，畫下配着引經據典的文字解釋，描述釋迦牟尼降生、修行、傳道、涅槃的成長史。這是我渴望得知的，於是，細細看了起來。

觀看的人不少。有人還一邊看一邊評議：

「這下子我總算找到現在盛行的《關係學》的最早版本了！」說話的是一位中年人。

「在哪兒？」問話的是位戴眼鏡的年輕人。

「你看《牧女獻糜》這幅畫。」

看了一會兒，眼鏡青年突然笑了起來：「哈哈，對，釋迦牟尼佛是搞不正之風的老祖宗！老佛爺都搞，難怪此風難得糾正！」

我好奇地也去看那第六幅《牧女獻糜》。方知說的是：釋迦牟尼坐在露天下苦修六年，每天只吃一麻一麥，餓得形似枯木。這時，有兩位牧女向他獻了牛奶。他收了禮物，馬上利用剛修得的佛權，保佑兩女安樂無病，終保年壽，智慧俱足。我依稀想起一則佛門的古代笑話。一香客進出門來，從衣冠看是布衣平常人，因而和尚冷冷地寒暄說：「坐。」對內廂一般地打招呼：「茶。」當這香客捐助了一筆銀錢後，和尚的調門高了八度，對客：「請坐！」對內：「敬茶！」當這香客進而言明自己是朝廷命官時，和尚立即彎腰躬背，笑言細語：「請上坐。」對內大聲招呼：「敬香茶！」有人為此寫了副楹聯。上聯：「坐，請坐，請上坐。」下聯是：「茶，敬茶，敬香茶。」由此可見，從釋迦牟尼到弟子僧侶，都是向錢看、向權看的。

「我也有個重大發現」，眼鏡青年的話打斷了我的冥想，「我發現了一個由人修成佛的公式，從而發現了菩薩一定要用木雕泥塑的科學根據。」

「什麼公式？」我主動參與討論了。

「人變木頭 = 佛。」戴眼鏡的青年得意地説。

「請證明。」

「你看這幅《成等正覺》畫，説釋迦牟尼修行成佛共分四個階段」，那青年指着畫下的文字唸了起來，「『成一禪行，靜坐守一，專心不移』。——這就把人的動性給修掉了，不會動了。『成二禪行，已淨見真。』——乾癟沒水分了。『成三禪行，心不依善，亦不附惡，無苦樂志，正在其中，寂然無變。』——已經修到五官不靈、七竅不通了。『成四禪行，是謂無為，度世之道，以棄惡本，無淫怒癡，生死已除，種根已斷，智慧已了，廓然大悟，得無上正真之道，為最正覺。』——聽聽，已修成無生無死、無知無覺的木頭、泥巴了！什麼叫成正覺？就是無知覺。人變成木頭就修成佛了，因此，世上的佛像都用木雕泥塑！」

我們聽了這番史無前例的成佛公式，無不捧腹大笑。

這時卻有一個水兵又補充了一句：「當兵的絕對修不成佛。如果我們修成了個木頭，不僅保不住國、保不了家，連他釋迦牟尼這塊木頭也保不住。聽説康熙年間，荷蘭海盜上了普陀島，就把這兒洗劫一空！」

我凝望着他們，思緒飄飛。我在普陀山獲得的全部幽默感，此時，像人體內的脂肪轉變為肌體運動所需的熱能一樣，轉變為對新一代瀆神者的熱烈憧憬……

（選自《羊城晚報》，1983 年 1 月 10 日）

仙遊寺

賈平凹

周至縣南有一山，名終南，曲折迂迴，別於天下所有名山，山中有黑河，更曲，曲到山為一窩水為一圈的極至處，有一塔一寺的，這便是仙遊寺。仙遊寺建於晉朝，是隋文帝的避暑行宮，唐代白居易在此客居，寫就了千古絕唱《長恨歌》，故歷來為遊覽勝地。近多年裏，黑河暴溢，山路崩塌，寺院頹廢，但仍時有遊人沿山根荒草裏前去，卻不是燒香拜神，也不為消暑玩樂，是憐念古昔愛情悲劇，為紀念白居易而來。今春三月，我到了縣城，兩對大齡未婚人陪我去遊，說：「到那裏，你可見到好多有緣無命的人呢。」步行入山，果然水在路下，路在草裏，草順山轉，如入迷宮，作想白居易之所以能在此作《長恨歌》，且不說他那時感世傷時，單這山曲水曲不盡，便也悟覺了人生的複雜，愛情的波折了。遺憾的是那天沿途並沒見到別的遊人，我只是頭頭尾尾地聽清了這兩對大齡未婚人各自的是是非非，哀哀怨怨。

行到五里，坐看寺容，水是從後山來的，並無山石阻攔，就白白地劃一圓圈，那圈即將接榫處，水卻向下流去。塔就在圓圈中，共八層，上小下小，中間飽滿。上小者，為風之摧折，生就了無數蒿草，有斑鳩在那裏啄朋鳴叫；下小者，則水的腐蝕，差不多的磚已朽去，螞蟻在縫隙裏擁擠。塔後有一寺，木的結構完整，簷下壁畫卻脫落，門上鎖，又貼上了封條，窗扇被牛毛氈從裏釘死，窺內不能，但見前簷下正吊一蜘蛛，大若拇指蛋，觸之便沿絲而上，靜臥簷角裝板上儼若石塊。寺門上墨筆題有「大雄寶殿」，知道該寺並不僅此，環顧四周，分散有四戶人家，兩家是高脊拱瓦，簷頭掛有瓦鐺，該是寺的廂房。四戶人家正吃午飯，一律黑瓷大碗，睜白多黑少的眼睛看人，表情木木，只有門前木樁上拴的兩頭牛，一頭犍，一頭犏，頭尾相接，發一種「哞」聲。殿前共有五柏四柏新植，粗已盈握，一株古老焦黑，一身疙瘩，若沒有頂上三片四片柏朵，疑心是石頭砌的。近視，腹內全完，如火燒過，從樹皮的黑疙瘩裏透出一個連一個的黑窟窿。

寺徹底是廢了，怪不得無香無火，福祿壽的神耐不得這種寂寞，信男信女們的黃表草香也不會無目的地來燒點的，只有《長恨歌》詩靈尚在，愛神是不在乎物質條件和享受的。兩對大齡未婚人已經撫柏仰天，長長地歎息了。

五個人裏，我是不幸中的幸人，觀寺就索然無味，於是離開塔往河邊去。踏過一片麥田，麥苗起身，綠得軟而嫩。再下去就是荒灘，卻是在石堤之內，亂亂的躺伏了一片石頭。石頭渾圓如打磨過，雪白，眯眼遠看，像蘆草地裏突然飛走了一群鵝鴨，留下一層偌大的新蛋。走上去在石頭上跨踏跳躍，就有一種草，叫黃蒿的，去年就長上來，臨冬乾枯，枝莖硬而未折，疏疏地從石縫間生出二尺餘高。呆呆揀一塊石坐下，便感覺到這黃蒿疏得溫柔，疏得嫵媚，使蒿下的白石顯一種朦朧，如在紗裏，煙裏，風起蒿動出石亦似動如夢幻。再走過石灘，下堤到水邊，河中巨石堆積，腳下碎石漫漫，便見有一種石，如朽木一般，如腐骨一般，敲之則堅硬，嘣嘣價響，甚是稀奇好看。玩石坐下靜觀流水，名曰黑河，水卻澄清，歷歷可見水底石頭。有指長的群魚游來，遂掏餅捏蛋兒擲去，魚便急而趨之，餅隨水漂，魚隨餅游，倏乎全然不見。忽一陣風起，水色大變，似若五雲之漿，舉頭看時，才見對面岸上有無數的桃榆，臨風落英。一時興起，直喚塔下的兩對大齡未婚人，他們皆不動，我便急不可待地脱鞋挽褲欲過河去攀折，無奈那水涼得森骨，又兼水中石看着清淨，踩之滑膩非常，幾個趔趄，險些跌倒，只好出水上岸，怏怏抓一些枯草燃火吸煙。此時風又靜，夕陽從河邊上升，停留在對面崖頭的獨樹桃花上，面前的枯草火燃滅了，煙縷端直。

塔下的大齡未婚人趕來了，五個盤地而坐，我遙指後山塆上一片松柏中的屋舍，問是何處？他們說：是一小廟，廟裏有一尼姑。問多大年紀？答曰：三十六。再問：如此年輕，為何出家？四人沉吟多時，方說：曾是下鄉知青，婚事遲遲未能解決，後來連找幾個，皆受波折，心灰就出家了。我頓時可憐那位夜對青燈的女子，社會如何耽誤了青春，人世又如何沉沉浮浮，也不至於萬念俱滅、消極遁世呀？！欲前往造訪，但白雲堆沒了山塆，才行至塔後，那下山的小路上野花也迷了去徑，幽鳥在風前鳴叫，只好作罷。兩對大齡未婚人又去塔下了，且用石子在塔上劃動什麼。我趕去問：做什麼呀？他們說：留言。看時，他們各對在上面寫了「××與×××於某年某月某日又遊。」在這留言之上，又有四行留言，全是他們的名姓，日期則一是五年前，一是三年前，一是去年，一是今年正月。細看塔身，上邊竟密密麻麻全有字，什麼內容的都有，落款皆是一男一女。我不再責斥他們在文物上這麼題字了，心沉得往下墜，也撿起一塊石子在塔上題道：多少情人拜塔前，可惜再無白樂天。擲石說聲：回吧。五人返回，又是到了山曲水曲處，扭頭看那寺塔，沒聽見什麼孤鐘敲響，而水曲成潭，流濺空音如風裏洞簫。大齡未婚人說：你今日沒有遊好，遊人是太少了。我說：但願人更少。四人無語，突然說：我們也是最後一次來遊這裏了。我說：那好呀，我祝賀你們！到時候我送你們什麼禮呢？他們說：什麼也不要你送，你是作家，你就寫這裏一篇文章吧，讓天下都知道這裏還有這樣的事情。我滿口答應，我雖文才不逮，我卻真誠關心那些大齡的未婚男女，也企望所有人，整個社會來真誠關心，便於當夜草出此文。

八五・三・二十三於靜虛村

（選自《平凹遊記選》，西安：陝西人民美術出版社，1986 年）

幽冥鐘

汪曾祺

「姑蘇城外寒山寺，夜半鐘聲到客船。」很早很早以前（大概從宋朝開始）就有人提出過懷疑，認為夜半不是撞鐘的時候。我從小就覺得很奇怪：為什麼夜半不是撞鐘的時候呢？我的家鄉就是夜半撞鐘的。而且只有夜半撞。半夜，子時，十二點。別的時候，白天，還聽不到撞鐘。「暮鼓晨鐘」。我們那裏沒有晨鐘，只有夜半鐘。這種鐘，叫做「幽冥鐘」。撞鐘的是承天寺。

關於承天寺，有一個傳說。傳説張士誠是在這裏登基的。張士誠是泰州人。泰州是我們的鄰縣。史稱他是鹽販出身。鹽販，即販私鹽的。中國的鹽，秦漢以來，就是官賣。賣鹽的店，稱為「官鹽店」。官鹽稅重，價昂。於是有人販賣私鹽。賣私鹽是犯法的事。這種人都是亡命之徒，要錢不要命。遇到緝私的官兵，便要動武。這種人在官方的文書裏被稱為「鹽匪」。瓦崗寨的程咬金就販過私鹽。在蘇北裏下河一帶，一提起「私鹽販子」或「販私鹽的」，大家便知道這是什麼角色。張士誠就是這樣一個角色。元至正十三年，他從泰州起事，打到我的家鄉高郵。次年，稱「誠王」，國號「周」。我的家鄉還出過一位皇帝（他不是我們縣的人，他稱王確是在我們縣），這實在應該算是我們縣歷史上的第一號大人物。我們縣的有名人物最古的是秦王子嬰。現在還有一條河，叫子嬰河。以後隔了很多年，出了一個秦少游。再以後，出了王念孫、王引之父子。但是真正叱吒風雲的英雄，應該是張士誠。可是我前幾年回鄉，翻看縣誌，關於張士誠，竟無一字記載，真是怪事！

但是民間有一些關於張士誠的傳說。

張士誠在承天寺登基，找人來寫承天寺的匾。來了很多讀書人。他們提起筆來，剛剛寫了兩筆，就叫張士誠拉出去殺了。接連殺了好幾個。旁邊的人問他：「為什麼殺他們？」張士誠說：「你看看他們寫的是什麼？『了』，是個了字！老子才當皇帝就『了』了，日他媽媽的！」後來來了個讀書人。他先寫了一個：「王」字，再寫了左邊的「フ」，右邊的「く」，再寫上邊的「冖」，然後一豎到底。張士誠一看大喜，連說：「這就對了！——先稱王，左有文臣，右有武將，戴上平天冠，皇基永固，一貫到底！——賞！」

我小時讀的小學就在承天寺的旁邊，每天都要經過承天寺，曾經細看過承天寺山門的石刻的匾額，發現上面的「承」字仍是一般筆順，合乎八法的「承」字，沒有先稱王，左文右武，戴了皇冠、一貫到底的痕跡。

我也懷疑張士誠是不是在承天寺登的基，因為承天寺一點也看不出曾經是一座皇宮的格局。

承天寺在城北西邊，挨近運河。城北的大寺共有三座。一座善因寺，廟產甚多，最為鮮明華麗，就是小說《受戒》裏寫的明海受戒的那座寺。一座是天王寺，就是陳小手被打死的寺。天王寺佛事較盛。寺西門外有一片空地，時常有人家來「燒房子」。燒房子似是我鄉特有的風俗。「房子」是紙紮店紮的，和真房子一樣，只是小一些。也有幾層幾進，有堂屋臥室，房間裏還有座鐘、水煙袋，日常所需，一應俱全。照例還有一個後花園，裏面「種」着花（紙花）。房子立在空地上，小孩子可以走進去參觀。房子下面鋪了一層稻草。天王寺的和尚敲着鼓磬鐃鈸在房子旁邊唸一通經（不知道是什麼經），這一家的一個男丁舉火把房子燒了，於是這座房子便歸該宅的先人冥中收用了。天王寺氣象遠不如善因寺，但房屋還整齊，——因此常常駐兵。獨有承天寺，卻相當殘破了。寺是古寺。張士誠在這裏登基，雖不可靠，但說不定元朝就已經有這座寺。

一進山門，哼哈二將和四大天王的顏色都暗淡了。大雄寶殿的房頂上長了好些枯草和瓦松。大殿裏很昏暗，神龕佛案都無光澤，觸鼻是陳年的香灰和塵土的氣息。一點聲音都沒有，整座寺好像是空的。偶爾有一兩個和尚走動，衣履敝舊，神色淒涼。——不像善因寺的和尚，一個一個，都是紅光滿面的。

大殿西側，有一座羅漢堂。羅漢也多年沒有裝金了。長眉羅漢的眉毛只剩了一隻，那一隻不知哪一年脱落了，他就只好捻着一隻單獨的眉毛坐在那裏。羅漢堂外面，有兩棵很大的白果樹，有幾百年了。夏天，一地濃蔭。冬天，滿階黃葉。

羅漢堂東南角有一口鐘，相當高大。鐘用鐵鏈吊在很粗壯的木架上。旁邊是從房樑掛下來的撞鐘的木杵。鐘前是一尊地藏菩薩的一尺多高的金身佛像。地藏菩薩戴着毗盧帽，跏趺而坐，低眉閉目，神色慈祥。地藏菩薩前面點着一盞小油燈，燈光幽微。

在佛教的菩薩裏，老百姓最有好感的是兩位。一位是觀世音菩薩，因為他（她）救苦救難。另一位便是地藏菩薩。他是釋迦滅後至彌勒出現之間的救度天上以至地獄一切眾生的菩薩。他像大地一樣，含藏無量善根種子。他是地之神，是一位好心的菩薩。

為什麼在鐘前供着一尊地藏菩薩呢？因為這鐘在半夜裏撞，叫「幽冥鐘」，是專門為難產血崩而死的婦人而撞的。不知道為什麼，人們以為血崩而死的女鬼是居處在最黑最黑的地獄裏的，——大概以為這樣的死是不潔的，罪過最深。鐘聲，會給她們光明。而地藏菩薩是地之神，好心的菩薩，他對死於血崩的女鬼也會格外慈悲的，所以鐘前供地藏菩薩，極其自然。

撞鐘的是一個老和尚，相貌清癯，高長瘦削。他已經幾十年不出山門了。他就住在羅漢堂裏。大鐘東側靠牆，有一張矮矮的禪榻，上面有一牀薄薄的藍布棉被，這就是他的住處。白天，他隨堂粥飯，灑掃庭除。半夜，起來，剔亮地藏菩薩前的油燈，就開始撞鐘。

鐘聲是柔和的、悠遠的。

「咚——嗡……嗡……嗡……」

鐘聲的振幅是圓的。「咚——嗡……嗡……嗡……」，一圈一圈地擴散開。就像投石於水，水的圓紋一圈一圈地擴散。

「咚——嗡……嗡……嗡……」

鐘聲撞出一個圓環，一個淡金色的光圈。地獄裏受難的女鬼看見光了。她們的臉上現出了歡喜。「嗡……嗡……嗡……」金色的光環暗了，暗了，暗了……又一聲，「咚——嗡……嗡……嗡……」又一個金色的光環。光環擴散着，一圈，又一圈……

夜半，子時，幽冥鐘的鐘聲飛出承天寺。

「咚——嗡……嗡……嗡……」

幽冥鐘的鐘聲擴散到了千家萬戶。

正在酣睡的孩子醒來了，他聽到了鐘聲。孩子向母親的身邊依偎得更緊了。

承天寺的鐘，幽冥鐘。

女性的鐘，母親的鐘……

一九八五年十二月四日中午，飄雪

（選自《汪曾祺自選集》，廣西：灕江出版社，1987 年）

《八指頭陀詩集》敍

楊度

予世居湘潭之姜畲。寄禪師為姜畲黃姓農家子。幼孤貧，為人牧牛。十餘歲時，投山寺出家為僧，然兩指供佛，故名八指頭陀。

師長予將二十歲。予幼時即聞鄉有奇僧，具夙慧，能為詩。初不識字，以畫代書。不知「壺」字，輒畫壺形。其時姜畲鐵匠張正暘，及予妹叔姬，皆不學詩而自能詩。鄰居三里以內，有此三異，鄉人傳以為奇。而王湘綺先生隱居雲湖，相距才十餘里，予輩咸師事之。其地又有老農沈氏，能學陶詩，群呼為沉山人。又有陳梅羹處士，亦居姜畲，博學能詩，不事科舉，刻有《陳姜畲集》。一鄉之中，詩學大盛。高談格調，卑視宋、明。漢、魏、三唐，自成風氣。

唯師自出家後，遠遊於外。其先塋在姜畲，偶歸拜墓，因來相訪，予始識之。聞其自言初學為詩甚苦，其後登岳陽樓，忽若有悟，遂得句云「洞庭波送一僧來」。後遊天童山，作《白梅詩》，亦云靈機偶動，率爾而成。然師詩格律嚴謹，乃由苦吟所得。雖云慧業，亦以工力勝者也。師曾宿予山齋，予出屏紙，強其錄詩。十字九誤，點畫不備，窘極大汗。書未及半，言願作詩，以求赦免，予因大笑許之。自後，師不再歸，予亦出遊湖海，流離十有餘載，中間未曾一見。唯予居日本時，師自浙江天童山寄詩一首而已。民國元年，忽遇之於京師，遊談半日，夜歸宿於法源寺。次晨，寺中方丈道階法師奔告予曰：「師於昨夕涅槃矣。」予詢病狀，乃云無病。道階者，亦湖南人。妙解經論，善修佛事，師之弟子也。予偕詣寺視之，遣歸葬於天童，並收其平生詩文遺稿以歸，待乞湘綺先生為刪蕪雜，以之付刊。先生暮年耽逸，久未得請。予亦因政變，身為逋客，未暇及此。湘綺先生旋復辭世。更越二載，予得免名捕，復還京邑。始出斯稿，以付手民。然未敢刪定，僅整齊次第之而已。

師詩曾由義寧陳伯嚴、湘鄉王佩初、同縣葉煥彬先後為刊十卷。其未刊者八卷，師自定為續集。今為輯合而全刻之，附以雜文，都為十九卷。道階及予妹婿王君文育、同學喻君味皆、友人方君叔章，為之校字。文育，湘綺先生第四子也。凡校刻經八閱月而始成，距師逝世逾七年矣。世變孔多，劫灰遍地，而此稿猶存。端忠湣辛亥南行，從予借取叔姬詩稿以去，云將抄稿見還，後乃攜以入蜀。革命事起，端既被害，稿亦遺亡。

副本雖存，然不備矣。予丙辰歲逋亡，出京之日，隨身手篋所儲，只此故人遺稿。故未散滅，以至於今。執彼例茲，寧非獨幸！世間生滅無常，一切等於此物。師何必有此作，予何必無此刊？事與教法無關，而於因緣足述，故詳敍之於此。民國八年十二月湘潭楊度序。

（錄自《八指頭陀詩集》，北京：北京文楷齋，1919 年）

《曼殊遺畫》弁言

章太炎

亡友蘇元瑛子穀，蓋老氏所謂嬰兒者也。父廣州產，商於日本，娶日本女而得子穀。廣中重宗法，族人以子穀異類，群擯斥之。父分貲與其母，令子穀出就外傅，習英吉利語。數歲，父死，母歸日本。子穀貧困為沙門，號曰曼殊。不能作佛事，復還俗，稍與士大夫遊，猶時時着沙門衣。子穀善藝事，尤工繪畫，而不解人事，至不辨稻麥期候。啖飯輒四五盂，亦不知為稻也。數以貧困，從人乞貸，得銀數版即治食，食已銀亦盡。嘗在日本，一日飲冰五六斤，比晚不能動，人以為死，視之猶有氣。明日復飲冰如故。子穀少時，父為聘女，及壯貧甚，衣裳物色在僧俗間，所聘女亦與絕。欲更娶，人無與者。乃入倡家哭之，倡家駭走，始去。美利加有肥女，重四百斤，脛大如汲水甕。子穀視之，問：「求偶耶？安得肥重與君等者？」女曰：「吾故欲瘦人。」子穀曰：「吾體瘦，為君偶何如？」其行事多如此。然性愷直，見人詐偽敗行者，常嗔目詈之，人以其狂戇，亦不恨。子穀既死，遺畫十數幅，友人李根源印泉，蔡守哲夫為印傳之。己未十二月，章炳麟書。

（選自《蘇曼殊全集》第四冊，北京：北新書局，1928 年）

《燕子龕遺詩》序

柳亞子

曼殊奄化之歲，青浦王德鍾輯其遺詩，得如干首，將梓以行世，屬余為之序。嗚呼，余何忍序曼殊之詩哉！余初識曼殊，以儀徵劉師培為介，顧君棲窮島，余蟄荒江，未獲數數相見也。武昌樹幟，余在滬瀆，值先烈陳英士先生異軍突起；君自南土來書，謂：「邇者振大漢之天聲，想諸公都在劍影光中，抵掌而譚。不慧遠適異國，唯有神馳左右耳。」又曰：「壯士橫刀看草檄，美人挾瑟請題詩。遙知亞子此時樂也。」蓋興會飆舉，不可一世矣。和議既成，莽操尸位，黨人無所發攄，則麕集海上，日夕歌呼飲北里；君亦翩然來，遊戲宛洛，經過李趙，吾二人未嘗不相與偕也。既余倦遊歸裏，君去皖江，嗣是五六年間，滄桑陵谷，世態萬變，余與君相聚之日遂少；即聚，亦無復前日樂矣。最後仍晤君滬瀆，時為英士歸葬碧浪湖之前數日，握手道故，形容憔悴甚。君言：「邑廟新闢商場極絢爛，顧求舊時擔餳粥者弗可得，蓋大商壟斷之術工，而細氓生計盡矣。」君生平絕口弗談政治，獨其悲天憫人之懷，流露於不自覺，有如此者。君工愁善病，顧健飲啖，日食摩爾登糖三袋，謂是茶花女酷嗜之物。余嘗以苧頭餅二十枚餉之，一夕都盡，明日腹痛弗能起。又嗜呂宋雪茄煙，偶囊中金盡，無所得資，則碎所飾義齒金質者，持以易煙。其他行事都類此，人目為癡，然談言微中，君實不癡也。嘗共余月旦同時流輩，余意多可少否。君謂：

「亞子太丘道廣，將謂舉世盡賢者。」余曰：「然則和尚將謂舉世盡不肖耶？」相與撫掌而罷。和尚者，君少時嘗披剃廣州慧龍寺，故朋儕以此呼之。君精通內典，然未嘗見其登壇說法。吳縣朱梁任嘗勸余從君學佛，君笑曰：「是當有緣法，非可強而致也。」嗚呼，洵可謂善知識矣！君好為小詩，多綺語，有如昔人所謂「郤扇一顧，傾城無色」者。又善畫，蕭疏淡遠，似不食人間煙火物。往還書問，好以粉紅箋作蠅頭細楷，造語亦絕儁，恆多悲感及過情之談；蓋蘇長公一肚皮不合時宜，藉此發泄耳。君既歿，吳縣葉楚傖，上海劉季平咸擬輯其遺稿，而滇中某貴人欲斥千金盡刊君詩畫之屬，未知其能有成否也。王子所輯雖不多，見虎一文，亦足慰君於地下矣。余既為文以傳君，而覼縷之詞有未盡者，爰弗辭而復為之序。時中華民國七年雙十節前二日，吳江柳棄疾撰。

（選自《蘇曼殊全集》第四冊，北京：北新書局，1928 年）

沾泥殘絮

馮至

——讀《燕子龕遺詩》作，並呈翔鶴兄——

月下開遍了
幽美的悲哀花朵。
我想化作一泓秋水，
月影投入水心——
花朵都移種在
我的懷裏！

一

方才在L君的屋裏，我手裏拿着一本紅皮的《拜倫詩選》，我同L君正談論在芝罘寫成的一部小說；——窗外的風，不知是什麼時候颳起來的，越颳越大了。

——窗外的菊花不知怎樣了——L君出去看菊花，我也很無趣地走出來了；同時我感到一種不快，因為菊花既不開於春夏，而開於秋深時，西風的摧殘自然不能免，L君太有些多慮了！另一方面，我對於菊花並不十分愛它；我愛的是血紅的顏色，我愛哀豔的情調，它實在有些過於素淡了！

重陽的夜裏，聽了半夜秋雨；無限的悲思，都被織入淅瀝聲中。第二天早晨起來，北河沿的兩行弱柳，陡然消瘦了許多。我一邊走，一邊拾路上被雨打落的黃葉。——曾幾何時，我由L君屋中出來，獨立在他門前的小橋上，中天是將要圓了的明月，橋下流水，兩旁柳樹被西風撼動的——我為了明天的它們，真不敢設想了！路上的黃葉，也拾不過來了！我寂寞無語。路上將與污泥同朽的黃葉！夏日的繁榮呢？春日的生意呢？我束手無策，眼看着將與污泥同朽！曾在這裏歡唱過南海濱的燕子，你們在如此的月下，雙雙地作美好的夏夜之夢，你們哪裏知道這些黃葉！我恨不能身生兩翼，把你們叫回來，叫你們知道知道這些黃葉的飄零！

《拜倫詩選》還在我的手裏，我細細地聲音，在月色聲裏，風聲色中，背誦了一遍《夭夭雅典女》——呵！詩人，薄命的詩人終於是薄命的詩人！含笑的女郎終於是含笑的女郎！土礫一般的社會終於是土礫一般的社會！

> 但頓拜倫是我師，
> 才如江海命如絲：
> 朱弦休為佳人絕——
> 孤憤酸情欲語誰？

二

薄命的詩人終於是薄命的詩人！

女郎們總是歡笑的，他們怕見你 Melancholy 的面孔！

社會是名譽，金錢，美人三要素所組成——如影之隨形的沉重的悲哀，盡足餐受，哪有功夫去作戕賊性的學者！哪有功夫去作蠅營狗苟的守財奴！哪有功夫去作紳士一般的女人的丈夫！

名譽，只限於學者；金錢，只限於守財奴；美人，只能夠作丈夫的才能得到！可憐我們的小孩子一般不知好歹的薄命詩人！既沒有上具的三種才能，偏又想得那三件東西，何異於緣木而求魚！「願世上女人皆待我如其良人，願世上男子皆待我如其兄弟」，不但人類不許，就是上帝也不許呀！你們是人類的叛徒！你們是社會的危險分子！你們只合擯之於人類社會之外！萬不得已時，唱一唱

雨笠煙蓑歸去也，
與人無愛亦無嗔！

也就罷了！

窗外的風聲，更大了，這原是北方深秋夜裏的慣例。我在慘澹的燈下，寫了「沾泥殘絮」四字，我的胸懷裏不知又添了幾倍淒冷！咳，我想起參寥詩句

禪心已作沾泥絮，
不逐東風上下狂！

又想到當年暮雨中騎驢過閶門的曼殊！「芒鞋破缽無人識，踏過櫻花第幾橋」的曼殊！西湖聽杜鵑的曼殊！「恆河落日千山碧，王舍號風萬木煙」裏的曼殊！……春申江畔，紅燈綠酒，倒在商女懷裏惘哭的曼殊！——處在這種無可奈何的境界，作這種無可奈何的人，只有呻吟病榻，徘徊異土，除了與世長辭，何處又是家鄉呢？

收拾禪心侍鏡台，
沾泥殘絮有沉哀！
湘弦灑遍胭脂淚，
香火重生劫後灰。

三

幾棵白楊樹，面前的青山倒影水中，水裏泛着三隻白鵝，手拿着 Lyra 琴，斜披了一件紅袖的 Anakreon，正在這裏歌唱他的情曲！

古希臘的 Anakreon，歌頌美人醇酒的 Anakreon！你的影像不知在我腦裏，每日要現多少次！

Klopstock 的 Hermanniade，包含的哲理，誠然深邃了，但是 Lessing 譏你在詩歌中如鳥中之鴕鳥，你要承受的。包辦問題劇，一點說不到人生心靈深處的蕭伯納，我眼看着你的生命在二十世紀埋葬。——作哲理詩，乾燥無聊的人們，請你們趕快去作得博士的論文去吧！侮蔑文藝，專門以之作換湯不換藥的改造事業的人們，你們趕快去讀《社會改造原理》去吧！

詩人！我不希望你有多少宏篇巨製！我只希望你有一些零篇斷句能夠遺留下來，使我知道你的詩的生涯之斷片！我不希望你生時如何受人讚美，死後如何受人崇拜！我只希望你生時是孤零零地，死後能夠被少數後來的知己，在夕陽西下或是夜雨瀟瀟的時候想起你來，暗暗地灑些淚珠！

我這樣的希望——曼殊的幾十篇絕句，幾十條雜記，幾封給朋友的信札，永遠在我的懷裏！朋友談話時，我並不常談它；風前月下，我也不常讀它。只要我輕輕背誦了它的一兩句，已足使我惆悵，使我沉思了！

可憐他薄命的一生！

那個香山的商人——曼殊的父親——在日本受了異鄉情調的女子的誘惑，產生的這個可憐的嬰兒！

回國遭了族人的擯斥，遭了父親的死亡——母親也捨他東歸了！卧病在耶婆提；卧病在日本，——兒時的巷陌，都不能尋得！

可憐他二十餘年的四海飄零——道院裏，妓院裏，雪茄煙，鴉片，酒，肉：終於是一件最大的徬徨，惆悵！

萬户千門盡劫灰——
吳姬含笑踏青來；
今日已無天下色，
莫牽麋鹿上蘇台！

一九二三，十，二十二夜，狂風

（選自《蘇曼殊全集》第四冊，北京：北新書局，1928 年）

陋巷

豐子愷

杭州的小街道都稱為巷。這名稱是我們故鄉所沒有的。我幼時初到杭州，對於這巷字頗注意。我以前在書上讀到顏子「居陋巷，一簞食，一瓢飲」的時候，常疑所謂「陋巷」，不知是什樣的去處。想來大約是一條坍圮，齷齪而狹小的弄，為靈氣所鍾而居了顏子的。我們故鄉盡不乏坍圮，齷齪，狹小的弄，但都不能使我想像做陋巷。及到了杭州，看見了巷的名稱，才在想像中確定顏子所居的地方，大約是這種巷里。每逢走過這種巷，我常懷疑那頹垣破壁的裏面，也許隱居着今世的顏子。就中有一條巷，是我所認為陋巷的代表的。只要說起陋巷兩字，我腦中會立刻浮出這巷的光景來。其實我只到過這陋巷裏三次，不過這三次的印象都很清楚，現在都寫得出來。

第一次我到這陋巷裏，是將近二十年前的事。那時我只十七八歲，正在杭州的師範學校裏讀書。我的藝術科教師 L 先生[1]似乎嫌藝術的力道薄弱，過不來他的精神生活的癮，把圖畫音樂的書籍用具送給我們，自己到山裏去斷了十七天食，回來又研究佛法，預備出家了。在出家前的某日，他帶了我到這陋巷裏去訪問 M 先生[2]。我跟着 L 先生走進這陋巷中的一間老屋，就看見一位身材矮胖而滿

1. L 先生，指李叔同先生。
2. M 先生，指馬一浮先生。

面鬚髯的中年男子從裏面走出來應接我們。我被介紹，向這位先生一鞠躬，就坐在一隻椅子上聽他們的談話。我其實全然聽不懂他們的話，只是斷片地聽到什麼「楞嚴」、「圓覺」等名詞，又有一個英語“philosophy”出現在他們的談話中。這英語是我當時新近記誦的，聽到時怪有興味。可是話的全體的意義我都不解。這一半是因為 L 先生打着天津白，M 先生則叫工人倒茶的時候説純粹的紹興土白，面對我們談話時也作北腔的方言，在我都不能完全通用。當時我想，你若肯把我當作倒茶的工人，我也許還能近得懂些。但這話不好對他説，我只得假裝靜聽的樣子坐着，其實我在那裏偷看這位初見的 M 先生的狀貌。他的頭圓而大，腦部特別豐隆，假如身體不是這樣矮胖，一定負載不起。他的眼不像 L 先生的眼的纖細，圓大而炯炯發光，上眼簾彎成一條堅致有力的弧線，切着下面的深黑的瞳子。他的鬚髯從左耳根緣着臉孔一直掛到右耳根，顏色與眼瞳一樣深黑。我當時正熱中於木炭畫，我覺得他的肖像宜用木炭描寫，但那堅致有力的眼線，是我的木炭所描不出的。我正在這樣觀察的時候，他的談話中突然發出哈哈的笑聲。我驚奇他的笑聲響亮而愉快，同他的話聲全然不接，好像是兩個人的聲音。他一面笑，一面用炯炯發光的眼黑顧視到我。我正在對他作繪畫的及音樂的觀察，全然沒有知道可笑的理由，但因假裝着靜聽的樣子，不能漠然不動；又不好意思問他「你有什麼好笑」而請他重説一遍，只得再假裝領會的樣子，強顏作笑。他們當然不會考問我領會到如何程度，但我自己問心，很是慚愧。我慚愧我的裝腔作笑，又痛恨自己何以聽不懂他們的話。他們的話愈談愈長，M 先生的笑聲愈多愈響，同時我的愧恨也愈積愈深。從進來到辭去，一向做個懷着愧恨的傀儡，冤枉地被帶到這陋巷中的老屋裏來擺了幾個鐘頭。

第二次我到這陋巷，在於前年，是做傀儡之後十六年的事了。這十六七年之間，我東奔西走地糊口於四方，多了妻室和一群子女，少了一個母親；M先生則十餘年如一日，長是孑然一身地隱居在這陋巷的老屋裏。我第二次見他，是前年的清明日，我是代L先生送兩塊印石而去的。我看見陋巷照舊是我所想像的顏子的居處，那老屋也照舊古色蒼然。M先生的音容和十餘年前一樣，堅致有力的眼簾，炯炯發光的黑瞳，和響亮而愉快的談笑聲。但是聽這談笑聲的我，與前大異了。我對於他的話，方言不成問題，意思也完全懂得了。像上次做傀儡的苦痛，這會已經沒有，可是另感到一種更深的苦痛：我那時初失母親——從我孩提時兼了父職撫育我到成人，而我未曾有涓埃的報答的母親。痛恨之極，心中充滿了對於無常的悲憤和疑惑。自己沒有解除這悲和疑的能力，便墮入了頹唐的狀態。我只想跟着孩子們到山巔水濱去 picnic，以暫時忘卻我的苦痛，而獨怕聽接觸人生根本問題的話。我是明知故犯地墮落了。但我的墮落在我所處的社會環境中頗能隱藏。因為我每天還為了糊口而讀幾頁書，寫幾小時的稿，長年除葷戒酒，不看戲，又不賭博，所有的嗜好只是每天吸半聽美麗牌香煙，吃些糖果，買些玩具同孩子們弄弄。在我所處的社會環境中的人看來，這樣的人非但不墮落，着實是有淘剩[3]的。但M先生的嚴肅的人生，顯明地襯出了我的墮落。他和我談起我所作而他所序的《護生畫集》，勉勵我；知道我抱着風木之悲，又為我解說無常，勸慰我。其實我不須聽他的話，只要望見他的顏色，已覺羞愧得無地自容了。我心中似有一團「剪不斷，理還亂」的絲，因為解不清楚，用紙包好了藏着。M

---

3. 淘剩，意即出息，是作者家鄉方言。

先生的態度和說話，着力地在那裏發開我這紙包來。我在他面前漸感局促不安，坐了約一小時就告辭。當他送我出門的時候，我感到與十餘年前在這裏做了幾小時傀儡而解放出來時同樣愉快的心情。我走出那陋巷，看見街角上停着一輛黃包車，便不問價錢，跨了上去。仰看天色晴明，決定先到采芝齋買些糖果，帶了到六和塔去度送這清明日。但當我晚上拖了疲倦的肢體而回到旅館的時候，想起上午所訪問的主人，熱烈地感到畏敬的親愛。我準擬明天再去訪他，把心中的紙包打開來給他看。但到了明朝，我的心又全被西湖的春色所佔據了。

第三次我到這陋巷，是最近一星期前的事。這回是我自動去訪問的。M 先生照舊孑然一身地隱居在那陋巷的老屋裏，兩眼照舊描着堅致有力的線而炯炯發光，談笑聲照舊愉快。只是使我驚奇的，他的深黑的鬚髯已變成銀灰色，漸近白色了。我心中浮出「白髮不能容宰相，也同閒客滿頭生」之句，同時又悔不早些常來親近他，而自恨三年來的生活的墮落。現在我的母親已死了三年多了，[4] 我的心似已屈服於「無常」，不復如前之悲憤，同時我的生活也就從頹唐中爬起來，想對「無常」作長期的抵抗了。我在古人詩詞中讀到「笙歌歸院落，燈火下樓台」，「六朝舊時明月，清夜滿秦淮」，「白頭宮女在，閒坐說玄宗」等詠歎無常的文句，不肯放過，給它們翻譯為畫。以前曾寄兩幅給 M 先生，近來想多集些文句來描畫，預備作一冊《無常畫集》。我就把這點意思告訴他，並請他指教。他欣然地指示我許多可找這種題材的佛經和詩文集，又背誦了許多佳

4. 作者的母親死於一九三〇年農曆正月初五。

句給我聽。最後他翻然地説道：「無常就是常。無常容易畫，常不容易畫。」我好久沒有聽見這樣的話了，怪不得生活異常苦悶。他這話把我從無常的火宅中救出，使我感到無限的清涼。當時我想，我畫了《無常畫集》之後，要再畫一冊《常畫集》。《常畫集》不須請他作序，因為自始至終每頁都是空白的。這一天我走出那陋巷，已是傍晚時候。歲暮的景象和雨雪充塞了道路。我獨自在路上彷徨，回想前年不問價錢跨上黃包車那一回，又回想二十年前作了幾小時傀儡而解放出來那一會，似覺身在夢中。

一九三三年一月十五日於石門灣

（選自《緣緣堂隨筆集》，杭州：浙江文藝出版社，1983 年）

佛無靈

豐子愷

我家的房子——緣緣堂——於去冬吾鄉失守時被敵寇的燒夷彈焚毀了。我率全眷避地萍鄉，一兩個月後才知道這消息。當時避居上海的同鄉某君作詩以弔，內有句云：「見語緣緣堂亦毀，眾生浩劫佛無靈。」第二句下面注明這是我的老姑母的話。我的老姑母今年七十餘歲，我出亡時苦勸她同行，未蒙允許，至今尚在失地中。五年前緣緣堂創造的時候，她老人家鎮日拿了史的克在基地上代為擘劃，在工廠中代為巡視，三寸長的小腳常常遍染了泥污而回到老房子裏來吃飯。如今看它被焚，怪不得要傷心，而歎「佛無靈」。最近她有信來（託人帶到上海友人處，轉寄到桂林來的），末了說：緣緣堂雖已全毀，但煙囱尚完好，矗立於瓦礫場中。此是火食不斷之象，將來還可做人家。

緣緣堂燒了是「佛無靈」之故。這句話出於老姑母之口，入於某君之詩，原也平常。但我卻有些反感。不指摘某君思想不對，也不是批評老姑母話語說錯，實在是慨歎一般人對於「佛」的誤解，因為某君和老姑母並不信佛，他們是一般按照所謂信佛的人的心理而說這話的。

我十年前曾從弘一法師學佛，並且吃素。於是一般所謂「信佛」的人就稱我為居士，引我為同志。因此我得交接不少所謂「信佛」的人。但是，十年以來，這些人我早已看厭了。有時我真懊悔自己吃素，我不屑與他們為伍。(我受先父遺傳，平生不吃肉類。故我的吃素半是生理關係。我的兒女中有二人也是生理的吃素，吃下葷腥去要嘔吐。但那些人以為我們同他們一樣，為求利而吃素。同他們辯，他們還以為客氣，真是冤枉。所以我有時懊悔自己吃素，被他們引為同志。）因為這班人多數自私自利，醜態可掬。非但完全不解佛的廣大慈悲的精神，其我利自私之欲且比所謂不信佛的人深得多！他們的念佛吃素，全為求私人的幸福。好比商人拿本錢去求利。又好比敵國的俘虜背棄了他們的夥伴，向我軍官跪喊「老爺饒命」，以求我軍的優待一樣。

信佛為求人生幸福，我絕不反對。但是，只求自己一人一家的幸福而不顧他人，我瞧他不起。得了些小便宜就津津樂道，引為佛祐；(抗戰期中，靠念佛而得平安逃難者，時有所聞。）受了些小損失就怨天尤人，歎「佛無靈」，真是「阿彌陀佛，罪過罪過」！他們平日都吃素、放生、念佛、誦經。但他們的吃一天素，希望比吃十天魚肉更大的報酬。他們放一條蛇，希望活一百歲。他們念佛誦經，希望個個字變成金錢。這些人從佛堂裏散出來，說的統是果報；某人長年吃素，鄰家都燒光了，他家毫無損失。某人念《金剛經》，強盜洗劫時獨不搶他的。某人無子，信佛後一索得男。某人痔瘡發，念了「大慈大悲觀世音菩薩」，痔瘡立刻斷根……此外沒有一句真正關於佛法的話。這完全是同佛做買賣，靠佛圖利，吃佛飯。這真是所謂：「群居終日，言不及義，好行小惠，難矣哉！」

我也曾吃素。但我認為吃素吃葷真是小事，無關大體。我曾作《護生畫集》，勸人戒殺。但我的護生之旨是護心（其義見該書馬序），不殺螞蟻非為愛惜螞蟻之命，乃為愛護自己的心，使勿養成殘忍。頑童無端一腳踏死群蟻，此心放大起來，就可以坐了飛機拿炸彈來轟炸市區。故殘忍心不可不戒。因為所惜非動物本身，故用「仁術」來掩耳盜鈴，是無傷的。我所謂吃葷吃素無關大體，意思就在於此。淺見的人，執着小體，斤斤計較；洋蠟燭用獸脂做，故不宜點；貓要吃老鼠，故不宜養；沒有雄雞交合而生的蛋可以吃得。……這樣地鑽進牛角尖裏去，真是可笑。若不顧小失大，能以愛物之心愛人，原也無妨，讓他們鑽進牛角尖裏去碰釘子吧。但這些人往往自私自利，有我無人；又往往以此做買賣，以此圖利，靠此吃飯，褻瀆佛法，非常可惡。這些人簡直是一種瘋子，一種惹人討嫌的人。所以我瞧他們不起，我懊悔自己吃素，我不屑與他們為伍。

真是信佛，應該理解佛陀四大皆空之義，而摒除私利；應該體會佛陀的物我一體，廣大慈悲之心，而護愛群生。至少，也應知道親親而仁民，仁民而愛物之道。愛物並非愛惜物的本身，乃是愛人的一種基本練習。不然，就是「今恩足以及禽獸而功不至於百姓」的齊宣王。上述這些人，對物則慄慄愛惜，對人間痛癢無關，已經是循流忘源，見小失大，本末顛倒的了。再加之於自己唯利是圖，這真是此間一等愚癡的人，不應該稱為佛徒，應該稱之為反「佛徒」。

因為這種人世間很多，所以我的老姑母看見我的房子被燒了，要說「佛無靈」的話，所以某君要把這話收入詩中。這種人大概是想我曾經吃素，曾經作《護生畫集》，這是一筆大本錢！拿這筆大本錢同佛做買賣所獲的利，至少應該是別人的房子都燒了而我的房子毫無損失。便宜一點，應該是我不必逃避，而敵人的炸彈會避開我；或竟是我做漢奸發財，再添造幾間新房子和妻子享用，正規軍都不得罪我。今我沒有得到這些利益，只落得家破人亡（流亡也），全家十口飄零在五千里外，在他們看來，這筆生意大蝕其本！這個佛太不講公平交易，安得不罵「無靈」？

我也來同佛做買賣吧。但我的生意經和他們不同：我以為我這次買賣並不蝕本，且大得其利，佛畢竟是有靈的。人生求利益，謀幸福，無非為了要活，為了「生」。但我們還要求比「生」更貴重的一種東西，就是古人所謂「所欲有甚於生者」。這東西是什麼？平日難於說定，現在很容易說出，就是「不做亡國奴」，就是「抗敵救國」。與其不得這東西而生，寧願得這東西而死。因為這東西比「生」更為貴重。現在佛已把這宗最貴重的貨物交付我了。我這買賣豈非大得其利？房子不過是「生」的一種附飾而已。我得了比「生」更貴的貨物，失了「生」的一件小小的附飾，有什麼可惜呢？我便宜了！佛畢竟是有靈的。

葉聖陶先生的《抗戰周年隨筆》中說：「……我在蘇州的家屋至今沒有毀。我並不因為它沒有毀而感到歡喜。我希望它被我們遊擊隊的槍彈打得七穿八洞，我希望它被我們正規軍隊的大炮轟得屍骨無存，我甚而至於希望它被逃命無從的寇軍燒個乾乾淨淨。」他的房子，聽說建成才兩年，而且比我的好。他如此不惜，一定也獲得那樣比房子更貴重的東西在那裏。但他並不吃素，並不作《護生畫集》。即他沒有下過那種本錢。佛對於沒有本錢的人，也把貴重貨物交付他。這樣看來，對佛買賣這種本錢是沒有用的。畢竟，對佛是不可做買賣的。

二十七年（一九三八年）七月二十四日於桂林

（選自《緣緣堂隨筆集》，杭州：浙江文藝出版社，1983 年）

悼夏丏尊先生

豐子愷

我從重慶郊外遷居城中，候船返滬。剛才遷到，接得夏丏尊老師逝世的消息。記得三年前，我從遵義遷重慶，臨行時接得弘一法師往生的電報。我所敬愛的兩位教師的最後消息，都在我行旅倥傯的時候傳到。這偶然的事，在我覺得很是蹊蹺。因為這兩位老師同樣的可敬可愛，昔年曾經給我同樣寶貴的教誨；如今噩耗傳來，也好比給我同樣的最後訓示。這使我感到分外的哀悼與警惕。

我早已確信夏先生是要死的，同確信任何人都要死的一樣。但料不到如此其速。八年違教，快要再見，而終於不得再見！真是天實為之，謂之何哉！

猶憶二十六年秋，蘆溝橋事變之際，我從南京回杭州，中途在上海下車，到梧州路去看夏先生。先生滿面憂愁，說一句話，歎一口氣。我因為要乘當天的夜車返杭，匆匆告別。我說：「夏先生再見。」夏先生好像罵我一般憤然地答道：「不曉得能不能再見！」同時又用凝注的眼光，站立在門口目送我。我回頭對他發笑。因為夏先生老是善愁，而我總是笑他多憂。豈知這一次正是我們的最後一面，果然這一別「不能再見了」！

後來我扶老攜幼，倉皇出奔，輾轉長沙、桂林、宜山、遵義、重慶各地。夏先生始終住在上海。初年還常通信。自從夏先生被敵人捉去監禁了一回之後，我就不敢寫信給他，免得使他受累。勝利一到，我寫了一封長信給他。見他回信的筆跡依舊遒勁挺秀，我很高興。字是精神的象徵，足證夏先生精神依舊，當時以為馬上可以再見了，豈知交通與生活日益困難，使我不能早歸；終於在勝利後八個半月的今日，在這山城客寓中接到他的噩耗，也可說是「抱恨終天」的事！

夏先生之死，使「文壇少了一位老將」，「青年失了一位導師」，這些話一定有許多人說，用不着我再講。我現在只就我們的師弟情緣上表示哀悼之情。

夏先生與李叔同先生（弘一法師），具有同樣的才調，同樣的胸懷。不過表面上一位做和尚，一位是居士而已。

猶憶三十餘年前，我當學生的時候，李先生教我們圖畫、音樂，夏先生教我們國文。我覺得這三種學科同樣的嚴肅而有興趣。就為了他們二人同樣的深解文藝的真諦，故能引人入勝。夏先生常說：「李先生教圖畫、音樂，學生對圖畫、音樂，看得比國文、數學等更重。這是有人格作背景的原故。因為他教圖畫、音樂，而他所懂得的不僅是圖畫、音樂；他的詩文比國文先生的更好，他的書法比習字先生的更好，他的英文比英文先生的更好……這好比一尊佛像，有後光，故能令人敬仰。」這話也可說是「夫子自道」。夏先生初任舍監，後來教國文。但他也是博學多能，只除不弄音樂以外，其他詩文、繪畫（鑑賞）、金石、書法、理學、佛典，以至外國文、科學等，他都懂得。因此能和李先生交遊，因此能得學生的心悅誠服。

他當舍監的時候，學生們私下給他起個諢名，叫夏木瓜。但這並非惡意，卻是好心。因為他對學生如對子女，率直開導，不用敷衍、欺蒙、壓迫等手段，學生們最初覺得忠言逆耳，看見他的頭大而圓，就給他起這個諢名。但後來大家都知道夏先生是真愛我們，這綽號就變成了愛稱而沿用下去。凡學生有所請願，大家都說:「同夏木瓜講，這才成功。」他聽到請願，也許暗嗚叱吒地罵你一頓；但如果你的請願合乎情理，他就當作自己的請願，而替你設法了。

他教國文的時候，正是「五四」將近。我們做慣了「太王留別父老書」、「黃花主人致無腸公子書」之類的文題之後，他突然叫我們做一篇「自述」。而且說：「不准講空話，要老實寫。」有一位同學，寫他父親客死他鄉，他「星夜匍伏奔喪」。夏先生苦笑着問他：「你那天晚上真個是在地上爬去的？」引得大家發笑，那位同學臉孔緋紅。又有一位同學發牢騷，讚隱遁，說要「樂琴書以消憂，撫孤松而盤桓」。夏先生厲聲問他:「你為什麼來考師範學校？」弄得那人無言可對。這樣的教法，最初被頑固守舊的青年所反對。他們以為文章不用古典，不發牢騷，就不高雅。竟有人說：「他自己不會做古文（其實做得很好），所以不許學生做。」但這樣的人，畢竟是少數。多數學生，對夏先生這種從來未有的、大膽的革命主張，覺得驚奇與折服，好似長夢猛醒，恍悟今是昨非。這正是五四運動的初步。

李先生做教師，以身作則，不多講話，使學生衷心感動，自然誠服。譬如上課，他一定先到教室，黑板上應寫的，都先寫好（用另一黑板遮住，用到的時候推開來）。然後端坐在講台上等學生到齊。譬如學生還琴時彈錯了，他舉目對你一看，但說：「下次再還。」有時他沒有說，學生吃了他一眼，自己請求下次再還了。他話很少，說時總是和顏悦色的。但學生非常怕他，敬愛他。夏先生則不然，毫無矜持，有話直說。學生便嘻皮笑臉，同他親近。偶然走過校庭，看見年紀小的學生弄狗，他也要管：「為啥同狗為難！」放假日子，學生出門，夏先生看見了便喊：「早些回來，勿可吃酒啊！」學生笑着連說：「不吃，不吃！」趕快走路。走得遠了，夏先生還要大喊：「銅鈿少用些！」學生一方面笑他，一方面實在感激他，敬愛他。

夏先生與李先生對學生的態度，完全不同。而學生對他們的敬愛，則完全相同。這兩位導師，如同父母一樣。李先生的是「爸爸的教育」，夏先生的是「媽媽的教育」。夏先生後來翻譯的《愛的教育》，風行國內，深入人心，甚至被取作國文教材。這不是偶然的事。

我師範畢業後，就赴日本。從日本回來就同夏先生共事，當教師，當編輯。我遭母喪後辭職閒居，直至逃難。但其間與書店關係仍多，常到上海與夏先生相晤。故自我離開夏先生的絳帳，直到抗戰前數日的訣別，二十年間，常與夏先生接近，不斷地受他的教誨。其時李先生已經做了和尚，芒鞋破缽，雲遊四方，和夏先生彷彿是兩個世界的人。但在我覺得仍是以前的兩位導師，不過所導的範圍由學校擴大為人世罷了。

李先生不是「走投無路，遁入空門」的，是為了人生根本問題而做和尚的。他是真正做和尚，他是痛感於眾生疾苦而「行大丈夫事」的。夏先生雖然沒有做和尚，但也是完全理解李先生的胸懷的；他是讚善李先生的行大丈夫事的。只因種種塵緣的牽阻，使夏先生沒有勇氣行大丈夫事。夏先生一生的憂愁苦悶，由此發生。

凡熟識夏先生的人，沒有一個不曉得夏先生是個多憂善愁的人。他看見世間的一切不快、不安、不真、不善、不美的狀態，都要皺眉，歎氣。他不但憂自家，又憂友，憂校，憂店，憂國，憂世。朋友中有人生病了，夏先生就皺着眉頭替他擔憂；有人失業了，夏先生又皺着眉頭替他着急；有人吵架了，有人吃醉了，甚至朋友的太太要生產了，小孩子跌跤了……夏先生都要皺着眉頭替他們憂愁。學校的問題，公司的問題，別人都當作例行公事處理的，夏先生卻當作自家的問題，真心地擔憂。國家的事，世界的事，別人當作歷史小說看的，在夏先生都是切身問題，真心地憂愁，皺眉，歎氣。故我和他共事的時候，對夏先生凡事都要講得樂觀些，有時竟瞞過他，免得使他增憂。他和李先生一樣的痛感眾生的疾苦。但他不能和李先生一樣行大丈夫事；他只能憂傷終老。在「人世」這個大學校裏，這二位導師所施的仍是「爸爸的教育」與「媽媽的教育」。

朋友的太太生產，小孩子跌跤等事，都要夏先生擔憂。那麼，八年來水深火熱的上海生活，不知為夏先生增添了幾十萬斛的憂愁！憂能傷人，夏先生之死，是供給憂愁材料的社會所致使，日本侵略者所促成的！

以往我每逢寫一篇文章，寫完之後總要想：「不知這篇東西夏先生看了怎麼說。」因為我的寫文，是在夏先生的指導鼓勵之下學起來的。今天寫完了這篇文章，我又本能地想：「不知這篇東西夏先生看了怎麼說。」兩行熱淚，一齊沉重地落在這原稿紙上。

一九四六年五月一日於重慶客寓

（選自《緣緣堂隨筆集》，杭州：浙江文藝出版社，1983 年）

我的第一個師父

魯迅

不記得是哪一部舊書上看來的了，大意說是有一位道學先生，自然是名人，一生拼命闢佛，卻名自己的小兒子為「和尚」。有一天，有人拿這件事來質問他。他回答道：「這正是表示輕賤呀！」那人無話可說而退云。

其實，這位道學先生是詭辯。名孩子為「和尚」，其中是含有迷信的。中國有許多妖魔鬼怪，專喜歡殺害有出息的人，尤其是孩子；要下賤，他們才放手，安心。和尚這一種人，從和尚的立場看來，會成佛——但也不一定，——固然高超得很，而從讀書人的立場一看，他們無家無室，不會做官，卻是下賤之流。讀書人意中的鬼怪，那意見當然和讀書人相同，所以也就不來攪擾了。這和名孩子為阿貓阿狗，完全是一樣的意思：容易養大。

還有一個避鬼的法子，是拜和尚為師，也就是捨給寺院了的意思，然而並不放在寺院裏。我生在周氏是長男，「物以希為貴」，父親怕我有出息，因此養不大，不到一歲，便領到長慶寺裏去，拜了一個和尚為師了。拜師是否要贄見禮，或者佈施什麼的呢，我完全不知道。只知道我卻由此得到一個法名叫作「長庚」，後來我也偶爾用作筆名，並且在《在酒樓上》這篇小說裏，贈給了恐嚇自己的侄女的無賴；還有一件百家衣，就是「衲衣」，論理，是應該用各種破布拼成的，但我的卻是橄欖形的各色小綢片所縫就，非喜慶大事不給穿；還有一條稱為「牛繩」的東西，上掛零星小件，如曆本，鏡子，銀篩之類，據說是可以避邪的。

這種佈置，好像也真有些力量：我至今沒有死。

不過，現在法名還在，那兩件法寶卻早已失去了。前幾年回北平去，母親還給了我嬰兒時代的銀篩，是那時的唯一的紀念。仔細一看，原來那篩子圓徑不過寸餘，中央一個太極圖，上面一本書，下面一卷畫，左右綴着極小的尺，剪刀，算盤，天平之類。我於是恍然大悟，中國的邪鬼，是怕斬釘截鐵，不能含糊的東西的。因為探究和好奇，去年曾經去問上海的銀樓，終於買了兩面來，和我的幾乎一式一樣，不過綴着的小東西有些增減。奇怪得很，半世紀有餘了，邪鬼還是這樣的性情，避邪還是這樣的法寶。然而我又想，這法寶成人卻用不得，反而非常危險的。

但因此又使我記起了半世紀以前的最初的先生。我至今不知道他的法名，無論誰，都稱他為「龍師父」，瘦長的身子，瘦長的臉，高顴細眼，和尚是不應該留鬚的，他卻有兩綹下垂的小鬍子。對人很和氣，對我也很和氣，不教我唸一句經，也不教我一點佛門規矩；他自己呢，穿起袈裟來做大和尚，或者戴上毗盧帽放焰口。「無祀孤魂，來受甘露味」的時候，是莊嚴透頂的，平常可也不唸經，因為是住持，只管着寺裏的瑣屑事，其實——自然是由我看起來——他不過是一個剃光了頭髮的俗人。

因此我又有一位師母，就是他的老婆。論理，和尚是不應該有老婆的，然而他有。我家的正屋的中央，供着一塊牌位，用金字寫着必須絕對尊敬和服從的五位：「天地君親師」。我是徒弟，他是師，決不能抗議，而在那時，也決不想到抗議，不過覺得似乎有點古怪。但我是很愛我的師母的，在我的記憶上，見面的時候，她已經大約有四十歲了，是一位胖胖的師母，穿着玄色紗衫褲，在自己家裏的院子裏納涼，她的孩子們就來和我玩耍。有時還有水果和點心吃，——自然，這也是我所以愛她的一個大原因；用高潔的陳源教授的話來說，便是所謂「有奶便是娘」，在人格上是很不足道的。

不過我的師母在戀愛故事上，卻有些不平常。「戀愛」，這是現在的術語，那時我們這偏僻之區只叫作「相好」。《詩經》云：「式相好矣，毋相尤矣」，起源是算得很古，離文武周公的時候不怎麼久就有了的，然而後來好像並不算十分冠冕堂皇的好話。這且不管它罷。總之，聽說龍師父年青時，是一個很漂亮而能幹的和尚，交際很廣，認識各種人。有一天，鄉下做社戲了，他和戲子相識，便上台替他們去敲鑼，精光的頭皮，簇新的海青，真是風頭十足。鄉下人大抵有些頑固，以為和尚是只應該唸經拜懺的，台下有人罵了起來。師父不甘示弱，也給他們一個回罵。於是戰爭開幕，甘蔗梢頭雨點似的飛上來，有些勇士，還有進攻之勢，「彼眾我寡」，他只好退走，一面退，一面一定追，逼得他又只好慌張的躲進一家人家去。而這人家，又只有一位年青的寡婦。以後的故事，我也不甚了然了，總而言之，她後來就是我的師母。

自從《宇宙風》出世以來，一向沒有拜讀的機緣，近幾天才看見了「春季特大號」。其中有一篇銖堂先生的《不以成敗論英雄》，使我覺得很有趣，他以為中國人的「不以成敗論英雄」，「理想是不能不算崇高」的，「然而在人群的組織上實在要不得。抑強扶弱，便是永遠不願意有強。崇拜失敗英雄，便是不承認成功的英雄」。「近人有一句流行話，說中國民族富於同化力，所以遼金元清都並不曾征服中國。其實無非是一種惰性，對於新制度不容易接收罷了」。我們怎樣來改悔這「惰性」呢，現在姑且不談，而且正在替我們想法的人們也多得很。我只要說那位寡婦之所以變了我的師母，其弊病也就在「不以成敗論英雄」。鄉下沒有活的岳飛或文天祥，所以一個漂亮的和尚在如雨而下的甘蔗梢頭中，從戲台逃下，也就是一個貨真價實的失敗的英雄。她不免發現了祖傳的「惰性」，崇拜起來，對於追兵，也像我們的祖先的對於遼金元清的大軍似的，「不承認成功的英雄」了。在歷史上，這結果是正如銖堂先生所說：「乃是中國的社會不樹威是難得帖服的」，所以活該有「揚州十日」和「嘉定三屠」。但那時的鄉下人，卻好像並沒有「樹威」，走散了，自然，也許是他們料不到躲在家裏。

因此我有了三個師兄，兩個師弟。大師兄是窮人的孩子，捨在寺裏，或是賣在寺裏的；其餘的四個，都是師父的兒子，大和尚的兒子做小和尚，我那時倒並不覺得怎麼稀奇。大師兄只有單身；二師兄也有家小，但他對我守着秘密，這一點，就可見他的道行遠不及我的師父，他的父親了。而且年齡都和我相差太遠，我們幾乎沒有交往。

三師兄比我恐怕要大十歲，然而我們後來的感情是很好的，我常常替他擔心。還記得有一回，他要受大戒了，他不大看經，想來未必深通什麼大乘教理，在剃得精光的囟門上，放上兩排艾絨，同時燒起來，我看是總不免要叫痛的，這時善男信女，多數參加，實在不大雅觀，也失了我做師弟的體面。這怎麼好呢？每一想到，十分心焦，彷佛受戒的是我自己一樣。然而我的師父究竟道力高深，他不說戒律，不談教理，只在當天大清早，叫了我的三師兄去，厲聲吩咐道：「拼命熬住，不許哭，不許叫，要不然，腦袋就炸開，死了！」這一種大喝，實在比什麼《妙法蓮花經》或《大乘起信論》還有力，誰高興死呢，於是儀式很莊嚴的進行，雖然兩眼比平時水汪汪，但到兩排艾絨在頭頂上燒完，的確一聲也不出。我噓一口氣，真所謂「如釋重負」，善男信女們也個個「合十讚歎，歡喜佈施，頂禮而散」了。

出家人受了大戒，從沙彌升為和尚，正和我們在家人行過冠禮，由童子而為成人相同。成人願意「有室」，和尚自然也不能不想到女人。以為和尚只記得釋迦牟尼或彌勒菩薩，乃是未曾拜和尚為師，或與和尚為友的世俗的謬見。寺裏也有確在修行，沒有女人，也不吃葷的和尚，例如我的大師兄即是其一，然而他們孤僻，冷酷，看不起人，好像總是鬱鬱不樂，他們的一把扇或一本書，你一動他就不高興，令人不敢親近他。所以我所熟識的，都是有女人，或聲明想女人，吃葷，或聲明想吃葷的和尚。

我那時並不詫異三師兄在想女人，而且知道他所理想的是怎樣的女人。人也許以為他想的是尼姑罷，並不是的，和尚和尼姑「相好」，加倍的不便當。他想的乃是千金小姐或少奶奶；而作這「相思」或「單相思」——即今之所謂「單戀」也——的媒介的是「結」。我們那裏的闊人家，一有喪事，每七日總要做一些法事，有一個七日，是要舉行「解結」的儀式的，因為死人在未死之前，總不免開罪於人，存着冤結，所以死後要替他解散。方法是在這天拜完經懺的傍晚，靈前陳列着幾盤東西，是食物和花，而其中有一盤，是用麻線或白頭繩，穿上十來文錢，兩頭相合而打成蝴蝶式，八結式之類的複雜的，頗不容易解開的結子。一群和尚便環坐桌旁，且唱且解，解開之後，錢歸和尚，而死人的一切冤結也從此完全消失了。這道理似乎有些古怪，但誰都這樣辦，並不為奇，大約也是一種「惰性」。不過解結是並不如世俗人的所推測，個個解開的，倘有和尚以為打得精緻，因而生愛，或者故意打得結實，很難解散，因而生恨的，便能暗暗的整個落到僧袍的大袖裏去，一任死者留下冤結，到地獄裏去吃苦。這種寶結帶回寺裏，便保存起來，也時時鑑賞，恰如我們的或亦不免偏愛看看女作家的作品一樣。當鑑賞的時候，當然也不免想到作家，打結子的是誰呢，男人不會，奴婢不會，有這種本領的，不消說是小姐或少奶奶了。和尚沒有文學界人物的清高，所以他就不免睹物思人，所謂「時涉遐想」起來，至於心理狀態，則我雖曾拜和尚為師，但究竟是在家人，不大明白底細。只記得三師兄曾經不得已而分給我幾個，有些實在打得精奇，有些則打好之後，浸過水，還用剪刀柄之類砸實，使和尚無法解散。解結，是替死人設法的，現在卻和和尚為難，我真不知道小姐或少奶奶是什麼意思。這疑問直到二十年後，學了一點醫學，才明白原來是給和尚吃苦，頗有一點虐待異性的病態的。深閨的怨恨，會無線電似的報在佛寺的和尚身上，我看道學先生可還沒有料到這一層。

後來，三師兄也有了老婆，出身是小姐，是尼姑，還是「小家碧玉」呢，我不明白，他也嚴守秘密，道行遠不及他的父親了。這時我也長大起來，不知道從那裏，聽到了和尚應守清規之類的古老話，還用這話來嘲笑他，本意是在要他受窘。不料他竟一點不窘，立刻用「金剛怒目」式，向我大喝一聲道：

「和尚沒有老婆，小菩薩那裏來！？」

這真是所謂「獅吼」，使我明白了真理，啞口無言，我的確早看見寺裏有丈餘的大佛，有數尺或數寸的小菩薩，卻從未想到他們為什麼有大小。經此一喝，我才徹底的省悟了和尚有老婆的必要，以及一切小菩薩的來源，不再發生疑問。但要找尋三師兄，從此卻艱難了一點，因為這位出家人，這時就有了三個家了：一是寺院，二是他的父母的家，三是他自己和女人的家。

我的師父，在約略四十年前已經去世；師兄弟們大半做了一寺的住持;我們的交情是依然存在的，卻久已彼此不通消息。但我想，他們一定早已各有一大批小菩薩，而且有些小菩薩又有小菩薩了。

（選自《魯迅全集》6 卷，北京：人民文學出版社，1981 年）

《子愷漫畫》序

夏丏尊

新近因了某種因緣，和方外友弘一和尚（在家時姓李，字叔同）聚居了好幾日。和尚未出家時，曾是國內藝術界的先輩，披剃以後，專心念佛，見人也但勸念佛，不消說，藝術上的話是不談起了的。可是我在這幾日的觀察中，卻深深地受到了藝術的刺激。

他這次從溫州來寧波，原預備到了南京再往安徽九華山去的。因為江浙開戰，交通有阻，就在寧波暫止，掛單於七塔寺。我得知就去望他。雲水堂中住着四五十個遊方僧。鋪有兩層，是統艙式的。他住在下層，見了我笑容招呼，和我在廊下板櫈上坐了，說：

「到寧波三日了，前兩日是住在某某旅館（小旅館）裏的。」

「那家旅館不十分清爽吧。」我說。

「很好！臭蟲也不多，不過兩三隻。主人待我非常客氣呢！」

他又和我說了些在輪船統艙中茶房怎樣待他和善，在此地掛單怎樣舒服等等的話。

我惘然了，繼而邀他明日同往白馬湖去小住幾日。他初說再看機會，及我堅請，他也就欣然答應。

行李很是簡單，鋪蓋竟是用破席子包的。到了白馬湖，在春社裏替他打掃了房間，他就自己打開鋪蓋，先把那破席子珍重地鋪在牀上，攤開了被，把衣服捲了幾件作枕。再拿出黑而且破得不堪的毛巾走到湖邊洗面去。

「這手巾太破了，替你換一條好嗎？」我忍不住了。

「哪裏！還好用的，和新的也差不多。」他把那破手巾珍重地張開來給我看，表示還不十分破舊。

他是過午不食的。第二日未到午，我送了飯和兩碗素菜去（他堅說只要一碗的，我勉強再加了一碗），在旁坐了陪他。碗裏所有的原只是些蘿蔔白菜之類，可是在他卻幾乎是要變色而作的盛饌，喜悅地把飯划入口裏，鄭重地用筷夾起一塊蘿蔔來的那種了不得的神情，我見了幾乎要流下歡喜慚愧之淚了！

第二日，有另一位朋友送了四樣菜來齋他，我也同席。其中有一碗鹹得非常，我說：

「這太鹹了！」

「好的！鹹的也有鹹的滋味，也好的！」

我家和他寄寓的春社相隔有一段路。第三日，他說飯不必送去，可以自己來吃，且笑說乞食是出家人的本能。

「那麼逢天雨仍替你送去吧。」

「不要緊！天雨，我有木屐哩！」他說出木屐二字時，神情上竟儼然是一種了不得的法寶。我總還有些不安。他又說：

「每日走些路，也是一種很好的運動。」

我也就無法反對了。

在他，世間竟沒有不好的東西，一切都好，小旅館好，統艙好，掛單好，破席子好，破舊的手巾好，白菜好，蘿蔔好，鹹苦的蔬菜好，跑路好，什麼都有味，什麼都了不得。

這是何等的風光啊！宗教上的話且不說，瑣屑的日常生活到此境界，不是所謂生活的藝術化了嗎？人家說他在受苦，我卻要說他是享樂。我常見他吃蘿蔔白菜時那種喜悅的光景，我想：蘿蔔白菜的全滋味，真滋味，怕要算他才能如實嘗到的了。對於一切事物，不為因襲的成見所縛，都還他一個本來面目，如實觀照領略，這才是真解脫，真享樂。

藝術的生活原是觀照享樂的生活，在這一點上，藝術和宗教實有同一的歸趨。凡為實例或成見所束縛，不能把日常生活咀嚼玩味的，都是與藝術無緣的人。真的藝術，不限在詩裏，也不限在畫裏，到處都有，隨時可得。能把它捕捉了用文字表現的是詩人，用形及五彩表現的是畫家。不會做詩，不會作畫，也不要緊，只要對於日常生活有觀照玩味的能力，無論如何都能有權去享受藝術之神的恩寵。否則雖自號為詩人畫家，仍是俗物。

與和尚數日相聚，深深地感到這點。自憐囫圇吞棗地過了大半生，平日吃飯着衣，何曾嘗到過真的滋味！乘船坐車，看山行路，何曾領略到真的情景！雖然願從今留意，但是去日苦多，又因自幼未曾經過好好的藝術教養，即使自己有這個心，何嘗有十分把握！言之憮然！

正憮然間，子愷來要我序他的漫畫集。記得子愷的畫這類畫，實由於我的慫恿。在這三年中，子愷着實畫了不少，集中所收的不過數十分之一。其中含有兩種性質，一是寫古詩詞名句的，一是寫日常生活的斷片的。古詩詞名句原是古人觀照的結果，子愷不過再來用畫表出一次，至於寫日常生活斷片的部分，全是子愷自己觀照的表現。前者是翻譯，後者是創作了。畫的好歹且不說，子愷年少於我，對於生活有這樣的咀嚼玩味的能力，和我相較，不能不羨子愷是幸福者！

子愷為和尚未出家時畫弟子，我序子愷畫集，恰因當前所感，並述及了和尚的近事，這是什麼不可思議的緣啊！南無阿彌陀佛！

（選自《文學周報》，第 198 期）

弘一法師之出家

夏丏尊

今年（一九三九）舊曆九月二十日，是弘一法師滿六十歲誕辰，佛學書局，因為我是他的老友，囑寫此文字以為紀念，我就把他的出家的經過加以追敘。他是三十九歲那年夏間披剃的，到現在已整整過了二十一年的僧侶生活。我這裏所述的，也都是二十年前的舊事。

說起來也許會教大家不相信，弘一法師的出家，可以說和我有關，沒有我，也許不至於出家。關於這層，弘一法師自己也承認。有一次，記得是他出家二三年後的事，他要到新城掩關去了，杭州知友們在銀洞巷虎跑寺下院替他餞行，有白衣，有僧人，齋後，他在座間指了我向大家道：

「我的出家，大半由於這位夏居士的助緣。此恩永不能忘！」

我聽了不禁面紅耳赤，慚悚無以自容。因為（一）我當時自己尚無信仰，以為出家是不幸的事情，至少是受苦的事情。弘一法師出家以後即修種種苦行，我見了常不忍。（二）他因我之助緣而出家修行去了，我卻豎不起肩膀，仍浮沉在醉生夢死的凡俗之中。所以深深地感到對於他的責任，很是難過。

我和弘一法師（俗姓李，名字屢易，為世熟知者曰息，字曰叔同。）相識，是在杭州浙江兩級師範學校（後改名浙江第一師範學校）任教的時候。這個學校有一個特別的地方，不輕易更換教職員。我前後擔任了十三年，他擔任了七年。在這七年中我們晨夕一堂，相處得很好。他比我長六歲，當時我們已是三十左右的人了，少年名士氣息，懺除將盡，想在教育上做些實際功夫。我擔任舍監職務，兼教修身課，時時感覺對於學生感化力不足。他教的是圖畫音樂二科。這兩種科目，在他未來以前，是學生所忽視的。自他任教以後，就忽然被重視起來，幾乎把全校學生的注意力都牽引過去了。課餘但聞琴聲歌聲，假日常見學生出外寫生，這原因一半當然是他對於這二科實力充足，一半也由於他的感化力大。只要提起他的名字，全校師生以及工役沒有人不起敬的。他的力量，全由誠敬中發出，我只好佩服他，不能學他。舉一個實例來說：有一次，寄宿舍裏有學生失少了財物了，大家猜測是某一個學生偷的。檢查起來，卻沒有得到證據。我身為舍監，深覺慚愧苦悶，向他求教。他所指教我的方法，說也怕人，教我自殺！說：

「你肯自殺嗎？你若出一張佈告，說作賊者速來自首，如三日內無自首者，足見舍監誠信未孚，誓一死以殉教育。果能這樣，一定可以感動人，一定會有人來自首。這話須說得誠實，三日後如沒有人自首，真非自殺不可。否則便無效力。」

這話在一般人看來是過分之辭，他提出來的時候，卻是真心的流露，並無虛偽之意。我自愧不能照行。向他笑謝，他當然也不責備我。我們那時頗有些道學氣，儼然以教育自任，一方面又痛感到自己力量的不夠，可是所想努力的，還是儒家式的修養，至於宗教方面簡直毫無關心的。

有一次，我從一本日本的雜誌上見到一篇關於斷食的文章，說斷食是身心「更新」的修養方法，自古宗教上的偉人，如釋迦，如耶穌，都曾斷過食。斷食，能使人除舊換新，改去惡德，生出偉大的精神力量。並且還列舉實行的方法及注意的事項，又介紹了一本專講斷食的參考書。我對於這篇文章很有興味，便和他談及，他就好奇地向我要了雜誌去看。以後我們也常談到這事。彼此都有「有機會時最好把斷食來試試」的話，可是並沒有作過具體的決定。至少在我自己是說過就算了的。約莫經過了一年，他竟獨自去實行斷食了，這是他出家前一年陽曆年假的事。他有家眷在上海，平日每月回上海二次，年假暑假當然都回上海的。陽曆年假只十天，放假以後我也就回家去了，總以為他仍照例回到上海了的。假滿返校，不見到他，過了兩個星期他才回來。據說假期中沒有回上海，在虎跑寺斷食。我問他「為什麼不告訴我？」他笑說：「你是能說不能行的，並且這事預先教別人知道也不好，旁人大驚小怪起來，容易發生波折。」他的斷食，共三星期。第一星期逐漸減食至盡，第二星期除水以外完全不食，第三星期起，由粥湯逐漸增加至常量。據說經過很順利，不但並無苦痛，而且身心反覺輕快，有飄飄欲仙之象。他平日是每日早晨寫字的，在斷食期間，仍以寫字為常課。三星期所寫的字，有魏碑，有篆文，有隸書，筆力比平日並不減弱。他說斷食時，心比平時靈敏，頗有文思，恐出毛病，終於不敢作文。他斷食以後，食量大增，且能吃整塊的肉（平日雖不茹素，不多食肥膩肉類）。自己覺得脱胎換骨過了，用老子「能嬰兒乎」之意，改名李嬰。依然教課，依然替人寫字，並沒有什麼和前不同的情形。據我知道，這時他還只看些宋元人的理學書和道家的書類，佛學尚未談到。

轉瞬陰曆年假到了，大家又離校。那知他不回上海，又到虎跑寺去了。因為他在那裏住過三星期。喜其地方清靜，所以又到那裏去過年。他的歸依三寶，可以説由這時候開始的。據説：他自虎跑寺斷食回來，曾去訪過馬一浮先生，説虎跑寺如何清靜，僧人招待如何殷勤。陽曆新年，馬先生有一個朋友彭先生，求馬先生介紹一個幽靜的寓處，馬先生憶起弘一法師前幾天曾提起虎跑寺，就把這位彭先生陪送到虎跑寺去住。恰好弘一法師正在那裏，經馬先生之介紹，就認識了這位彭先生。同住了不多幾天，到正月初八日，彭先生忽然發心出家了，由虎跑寺當家為他剃度。弘一法師目擊當時的一切，大大感動。可是還不就想出家，僅歸依三寶，拜老和尚了悟法師為歸依師，演音的名，弘一的號，就是那時取定的。假期滿後，仍回到學校裏來。

從此以後，他茹素了，有念珠了，看佛經，室中供佛像了。宋元理學書偶然仍看，道家書似已疏遠。他對我説明一切經過及未來志願，説出家有種種難處，以後打算暫以居士資格修行，在虎跑寺寄住，暑假後不再擔任教師職務。我當時非常難堪，平素所敬愛的這樣的好友，將棄我遁入空門去了，不勝寂寞之感。在這七年之中，他想離開杭州一師，有三四次之多，有時是因為對於學校當局有不快，有時是因別處來請他，他幾次要走，都是經我苦勸而作罷的。甚至於有一時期，南京高師苦苦求他任課，他已接受聘書了，因為我懇留他，他不忍拂我之意，於是杭州南京兩處跑，一個月中要坐夜車奔波好幾次。他的愛我，可謂已超出尋常友誼之外，眼看這樣的好友，因信仰的變化，要離我而去，而且信仰上的事，不比尋常名利關係，可以遷就。料想這次恐已無法留得他住，深悔從前不該留他。他若早離開杭州，也許不會遇到這樣複雜的因緣的。暑假漸近，我的苦悶也愈加甚，他雖常用佛法好言安慰我，我總熬不住苦悶。有一次，我對他說過這樣的一番狂言：

「這樣做居士究竟不徹底。索性做了和尚，倒爽快！」

我這話原是憤激之談，因為心裏難過得熬不住了，不覺脱口而出。説出以後，自己也就後悔。他卻仍是笑顏對我，毫不介意。

暑假到了，他把一切書籍、字畫、衣服等等分贈朋友及校工們，我所得到的是他歷年所寫的字，他所有摺扇及金錶等。自己帶到虎跑寺去的，只是些布衣及幾件日常用品。我送他出校門，他不許再送了，約期後會，黯然而別。暑期後，我就想去看他，忽然我父親病了，到半個月以後才到虎跑寺去。相見時我吃了一驚，他已剃去短鬚，頭皮光光，着起海青，赫然是個和尚了！笑説：

「昨日受剃度的。日子很好，恰巧是大勢至菩薩生日。」

「不是説暫時做居士，在這裏住住修行，不出家的嗎？」我問。

「這也是你的意思，你説索性做了和尚……」

我無話可説，心中真是感慨萬分。他問過我父親的病況，留我小坐，説要寫一幅字，叫我帶回去作他出家的紀念。回進房去寫字，半小時後才出來，寫的是《楞嚴大勢至念佛圓通章》，且加跋語，詳記當時因緣，末有「願他年同生安養共圓種智」的話。臨別時我和他作約，盡力護法，吃素一年，他含笑點頭，唸一句「阿彌陀佛」。

自從他出家以後，我已不敢再謗毀佛法，可是對於佛法見聞不多。對於他的出家，最初總由俗人的見地，感到一種責任。以為如果我不苦留他在杭州，如果我不提出斷食的話頭，也許不會有虎跑寺馬先生彭先生等因緣，他不會出家。如果最後我不因惜別而發狂言，他即使要出家，也許不會那麼快速。我一向為這責任之感所苦，尤其在見到他作苦修行或聽到他有疾病的時候。近幾年以來，我因他的督勵，也常親近佛典，略識因緣之不可思議，知道像他那樣的人，是於過去無量數劫種了善根的。他的出家，他的弘法度生，都是夙願使然，而且都是稀有的福德。正應代他歡喜，代眾生歡喜。覺得以前的對他不安，對他負責任，不但是自尋煩惱，而且是一種僭妄了。

（選自《夏丏尊文集・平屋之輯》，杭州：浙江人民出版社，1983 年）

兩法師

葉聖陶

在到功德林去會見弘一法師的路上，懷着似乎從來不曾有過的潔淨的心情；也可以說帶着渴望，不過與希冀看一齣著名的電影劇等的渴望並不一樣。

弘一法師就是李叔同先生，我最初知道他在民國初年。那時上海有一種《太平洋報》，其藝術副刊由李先生主編，我對於副刊所載他的書畫篆刻都中意。以後數年，聽人說李先生已經出了家，在西湖某寺。遊西湖時，在西泠印社石壁上見到李先生的「印藏」。去年子愷先生刊印《子愷漫畫》，丏尊先生給它作序文，說起李先生的生活，我才知道得詳明些；就從這時起，知道李先生現在稱弘一了。

於是不免向子愷先生詢問關於弘一法師的種種。承他詳細見告。十分感興趣之餘，自然來了見一見的願望，就向子愷先生說了。「好的，待有機緣，我同你去見他。」子愷先生的聲調永遠是這樣樸素而真摯的。以後遇見子愷先生，他常常告訴我弘一法師的近況：記得有一次給我看弘一法師的來信，中間有「葉居士」云云，我看了很覺慚愧，雖然「居士」不是什麼特別的尊稱。

前此一星期，飯後去上工，劈面來三輛人力車。最先是個和尚，我並不措意。第二是子愷先生，他驚喜似地向我顛頭。我也顛頭，心裏就閃電般想起「後面一定是他」。人力車夫跑得很快，第三輛一霎經過時，我見坐着的果然是個和尚，清癯的臉，頷下有稀疏的長髯。我的感情有點激動，「他來了！」這樣想着，屢屢回頭望那越去越遠的車篷的後影。

第二天，就接到子愷先生的信，約我星期日到功德林去會見。

是深深嘗了世間味，探了藝術之宮的，卻回過來過那種通常以為枯寂的持律念佛的生活，他的態度該是怎樣，他的言論該是怎樣，實在難以懸揣。因此，在帶着渴望的似乎從來不曾有過的潔淨的心情裏，還攙着些惝怳的成分。

走上功德林的扶梯，被侍者導引進那房間時，近十位先到的恬靜地起立相迎。靠窗的左角，正是光線最明亮的地方。站着那位弘一法師，帶笑的容顏，細小的眼眸子放出晶瑩的光。丏尊先生給我介紹之後，叫我坐在弘一法師的側邊。弘一法師坐下來之後，就悠然數着手裏的念珠。我想一顆念珠一聲「阿彌陀佛」吧。本來沒有什麼話要向他談，見這樣更沉入近乎催眠狀態的凝思，言語是全不需要了。可怪的是在座一些人，或是他的舊友，或是他的學生，在這難得的會晤時，似乎該有好些抒情的話與他談，然而不然，大家也只默然不多開口。未必因僧俗殊途，塵淨異致，而有所矜持吧。或許他們以為這樣默對一二小時，已勝於十年的晤談了。

晴秋的午前的時光在恬然的靜默中經過，覺得有難言的美。

隨後又來了幾位客，向弘一法師問幾時來的，到什麼地方去那些話。他的回答總是一句短語;可是殷勤極了，有如傾訴整個心願。

因為弘一法師是過午不食的，十一點鐘就開始聚餐。我看他那曾經揮灑書畫彈奏鋼琴的手鄭重地夾起一莢豇豆來，歡喜滿足地送入口中去咀嚼的那種神情，真慚愧自己平時的亂吞胡咽。

「這碟子是醬油吧？」

以為他要醬油，某君想把醬油碟子移到他前面。

「不，是這個日本的居士要。」

果然，這位日本人道謝了，弘一法師於無形中體會到他的願欲。

石岑先生愛談人生問題，著有《人生哲學》，席間他請弘一法師談些關於人生的意見。

「慚愧，」弘一法師虔敬地回答，「沒有研究，不能說什麼。」

以學佛的人對於人生問題沒有研究，依通常的見解，至少是一句笑話。那麼，他有研究而不肯說麼？只看他那殷勤真摯的神情，見得這樣想時就是罪過。他的確沒有研究。研究云者，自己站在這東西的外面，而去爬剔、分析、檢察這東西的意思。像弘一法師，他一心持律，一心念佛，再沒有站到外面去的餘裕。哪裏能有研究呢？

我想，問他像他這樣的生活，覺得達到了怎樣一種境界，或者比較落實一點兒。然而健康的人自覺健康，哀樂的當時也不能描狀哀樂；境界又豈是說得出的。我就把這意思遣開；從側面看弘一法師的長髯以及眼邊細密的皺紋，出神久之。

飯後，他說約定了去見印光法師，誰願意去可同去。印光法師這個名字知道得很久了，並且見過他的文抄，是現代淨土宗的大師，自然也想見一見。同去者計七八人。

決定不坐人力車，弘一法師拔腳就走，我開始驚異他步履的輕捷。他的腳是赤着的，穿一雙布縷纏成的行腳鞋。這是獨特健康的象徵啊，同行的一群人哪裏有第二雙這樣的腳。

慚愧，我這年輕人常常落在他背後。我在他背後這樣想：

他的行止笑語，真所謂純任自然，使人永不能忘。然而在這背後卻是極嚴謹的戒律。丏尊先生告訴我，他曾經歎息中國的律宗有待振起，可見他是持律極嚴的。他念佛，他過午不食，都為的持律。但持律而到達非由「外鑠」的程度，人就只覺得他一切純任自然了。

似乎他的心非常之安，躁忿全消，到處自得；似乎他以為這世間十分平和，十分寧靜，自己處身其間，甚而至於會把它淡忘。這因為他把所謂萬象萬事劃開了一部分，而生活在留着的一部分內之故。這也是一種生活法，宗教家大概採用這種生活法。

他與我們差不多處在不同的兩個世界。就如我，沒有他的宗教的感情與信念，要過他那樣的生活是不可能的。然而我自以為有點兒了解他，而且真誠地敬服他那種純任自然的風度。哪一種生活法好呢？這是愚笨的無意義的問題。只有自己的生活法好，別的都不行，誇妄的人卻常常這麼想。友人某君曾說他不曾遇見一個人他願意把自己的生活與這個人對調的，這是躊躇滿志的話。人本來應當如此，否則浮漂浪蕩，豈不像沒舵之舟。然而某君又說尤其要緊的是同時得承認別人也未必願意與我對調。這就與誇妄的人不同了；有這麼一承認，非但不菲薄別人，並且致相當的尊敬。彼此因觀感而潛移默化的事是有的。雖說各有其生活法，究竟不是不可破的堅壁；所謂聖賢者轉移了什麼什麼人就是這麼一回事。但是板着面孔專事菲薄別人的人決不能轉移了誰。

到新閘太平寺，有人家借這裏辦喪事，樂工以為弔客來了，預備吹打起來。及見我們中間有一個和尚，而且問起的也是和尚，才知道誤會，説道，「他們都是佛教裏的。」

寺役去通報時，弘一法師從包袱裏取出一件大袖僧衣來（他平時穿的，袖子與我們的長衫袖子一樣），恭而敬之地穿上身，眉宇間異樣地靜穆。我是歡喜四處看望的，見寺役走進去的沿街的那個房間裏，有個軀體碩大的和尚剛洗了臉，背部略微佝着，我想這一定就是了。果然，弘一法師頭一個跨進去時，就對這位和尚屈膝拜伏，動作嚴謹且安詳。我心裏肅然。有些人以為弘一法師該是和尚裏的浪漫派，看見這樣可知完全不對。

印光法師的皮膚呈褐色，肌理頗粗，一望而知是北方人：頭頂幾乎全禿，發光亮；腦額很闊；濃眉底下一雙眼睛這時雖不戴眼鏡，卻用戴了眼鏡從眼鏡上方射出眼光來的樣子看人，嘴唇略微皺癟，大概六十左右了。弘一法師與印光法師並肩而坐，正是絕好的對比，一個是水樣的秀美，飄逸；一個是山樣的渾樸，凝重。

弘一法師合掌懇請了，「幾位居士都歡喜佛法，有曾經看了禪宗的語錄的，今來見法師，請有所開示，慈悲，慈悲。」

對於這「慈悲，慈悲」，感到深長的趣味。

「嗯，看了語錄。看了什麼語錄？」印光法師的聲音帶有神秘味。我想這話裏或者就藏着機鋒吧。沒有人答應。弘一法師就指石岑先生，説這位先生看了語錄的。

石岑先生因說也不專看哪幾種語錄，只曾從某先生研究過法相宗的義理。

這就開了印光法師的話源。他說學佛須要得實益，徒然嘴裏說說，作幾篇文字，沒有道理；他說人眼前最緊要的事情是了生死，生死不了，非常危險；他說某先生只說自己才對，別人念佛就是迷信，真不應該。他說來聲色有點兒嚴厲，間以呵喝。我想這觸動他舊有的忿忿了。雖然不很清楚佛家的「我執」「法執」的函蘊是怎樣，恐怕這樣就有點兒近似。這使我未能滿意。

弘一法師再作第二次懇請，希望於儒說佛法會通之點給我們開示。

印光法師說二者本一致，無非教人父慈子孝兄友弟恭等等。不過儒家說這是人的天職，人若不守天職就沒有辦法。佛家用因果來說，那就深奧得多。行善就有福，行惡就吃苦。人誰願意吃苦呢？——他的話語很多，有零星的插話，有應驗的故事，從其間可以窺見他的信仰與歡喜。他顯然以傳道者自任，故遇有機緣不憚盡力宣傳；宣傳家必有所執持又有所排抵，他自也不免。弘一法師可不同，他似乎春原上一株小樹，毫不愧怍地欣欣向榮，卻沒有凌駕旁的卉木而上之的氣概。

在佛徒中，這位老人的地位崇高極了，從他的文抄裏，見有許多的信徒懇求他的指示，彷佛他就是往生淨土的導引者。這想來由於他有很深的造詣，不過我們不清楚。但或者還有別一個原因。一般信徒覺得那個「佛」太渺遠了，雖然一心皈依，總不免感到空虛；而印光法師卻是眼睛看得見的，認他就是現世的「佛」，虔敬崇奉，親接謦欬，這才覺得着實，滿足了信仰的慾望。故可以說，印光法師乃是一般信徒用意想來裝塑成功的偶像。

弘一法師第三次「慈悲，慈悲」地懇求時，是說這裏有講經義的書，可讓居士們「請」幾部回去。這個「請」字又有特別的味道。

房間的右角裏，裝釘作似的，線裝、平裝的書堆着不少：不禁想起外間紛紛飛散的那些宣傳品。由另一位和尚分派，我分到黃智海演述的《阿彌陀經白話解釋》，大圓居士說的《般若波羅密多心經口義》，李榮祥編的《印光法師嘉言錄》三種。中間《阿彌陀經白話解釋》最好，詳明之至。

於是弘一法師又屈膝拜伏，辭別。印光法師顛着頭，從不大敏捷的動作上顯露他的老態。待我們都辭別了走出房間，弘一法師伸兩手，鄭重而輕捷地把兩扇門拉上了。隨即脱下那件大袖的僧衣，就人家停放在寺門內的包車上，方正平帖地把它摺好包起來。

弘一法師就要回到江灣子愷先生的家裏，石岑先生予同先生和我就向他告別。這位帶有通常所謂仙氣的和尚，將使我永遠懷念了。

我們三個在電車站等車，滑稽地使用着「讀後感」三個字，互訴對於這兩位法師的感念。就是這一點，已足證我們不能為宗教家了，我想。

（選自《葉聖陶散文甲集》，成都：四川人民出版社，1983 年）

談弘一法師臨終偈語

葉聖陶

我不參佛法，對於信佛的人只能同情，對於自己，相信永遠是「教宗勘慕信難起」（拙詩《天地》一律之句）的了。也曾聽人説過修習淨土的道理，隨時念佛，臨命終時，一心不亂，以便往生淨土。話當然沒有這麼簡單，可是幾十年來我一直有個總印象：淨土法門教人追求「好好的死」。我自信平凡，還是服膺「未知生，焉知死」的説法。「好好的死」似不妨放慢些，我們就人論人，最要緊的還在追求「好好的活」。修習淨土的或者都追求「好好的活」，只是我很少聽見説起。

弘一法師臨終作偈兩首，第二首的後兩句是「華枝春滿，天心月圓」。照我的看法，這是描繪他的生活，説明他的生活體驗：他入世一場，經歷種種，修習種種，到他臨命終時，正當「春滿」「月圓」的時候。這自然是「好好的死」，但是「好好的死」源於「好好的活」。他臨終前又寫了「悲欣交集」四字，我以為這個「欣」字該作如下解釋：一輩子「好好的活」了，到如今「好好的死」了，歡喜滿足，了無缺憾。無論信教不信教，只要是認真生活的人，誰不希望他的生活達到「春滿」「月圓」的境界？而弘一法師真的達到這種境界了。他的可敬可佩，照我不參佛法的人説，就在於此。我曾作四言兩首頌讚他，就根據這個意思，現在重抄在這兒。

「華枝春滿，天心月圓。」
其謝與缺，罔非自然。
至人參化，以入涅槃。
此境勝美，亦質亦玄。

「悲欣交集」，遂與世絕。
悲見有情，欣證悼悦。
一貫真俗，體無差別。
嗟哉法師，不可言説。

（選自《葉聖陶散文甲集》，成都：四川人民出版社，1983 年）

南閩十年之夢影

弘一法師

我一到南普陀寺，就想來養正院和諸位法師講談講談，原定的題目是「余之懺悔」，説來話長，非十幾小時不能講完；近來因為講律，須得把講稿定好，總抽不出一個時間來，心裏又怕負了自己的初願，只好抽出很短的時間，來和諸位談談，談我在南閩十年中的幾件事情！

我第一回到南閩，在民國十七年的十一月，是從上海來的。起初還是在溫州，我在溫州住得很久，差不多有十年光景。

由溫州到上海，是為着編輯《護生畫集》的事，和朋友商量一切；到十一月底，才把《護生畫集》編好。

那時我聽人説：尤惜陰居士也在上海。他是我舊時很要好的朋友，我就想去看一看他。一天下午，我去看尤居士，居士就要到暹羅國去，第二天一早就要動身的。我聽了覺得很喜歡，於是也想和他一道去。

我就在十幾小時中，急急地預備着。第二天早晨，天還沒大亮，在趕到輪船碼頭，和尤居士一起動身到暹羅國去了。從上海到暹羅，是要經過廈門的，料不到這就成了我來廈門的因緣。十二月初，到了廈門，承陳敬賢居士的招待，也在他們的樓上吃過午飯，後來陳居士就介紹我到南普陀寺來。那時的南普陀，和現在不同，馬路還沒有建築，我是坐着轎子到寺裏來的。

到了南普陀寺，就在方丈樓上住了幾天。時常來談天的，有性願老法師、芝峰法師……等。芝峰法師和我同在溫州，雖不曾見過面，卻是很相契的。現在突然在南普陀寺晤見了，真是說不出的高興。

我本來是要到暹羅去的，因着諸位法師的挽留，就留滯在廈門，不想到暹羅國去了。

在廈門住了幾天，又到小雪峰那邊去過年。一直到正月半以後才回到廈門，住在閩南佛學院的小樓上，約莫住了三個月工夫。看到院裏面的學僧雖然只有二十幾位，他們的態度都很文雅，而且很有禮貌，和教職員的感情也很不差，我當時很讚美他們。

這時芝峰法師就談起佛學院裏的課程來。他說：

「門類分得很多，時間的分配卻很少，這樣下去，怕沒有什麼成績吧！」

因此，我表示了一點意見，大約是說：

「把英文和算術等刪掉，佛學卻不可減少，而且還得增加，就把騰出來的時間教佛學。」

他們都很贊成。聽說從此以後，學生們的成績，確比以前好得多了！

我在佛學院的小樓上，一直住到四月間，怕將來的天氣更會熱起來，於是又回到溫州去。

第二回到南閩，是在民國十八年十月。起初在南普陀寺住了幾天，以後因為寺裏要做水陸，又搬到太平岩去住。等到水陸圓滿，又回到寺裏，在前面的老功德樓住着。

當時閩南佛學院的學生，忽然增加了兩倍多，約有六十多位，管理方面不免感到困難。雖然竭力的整頓，終不能恢復以前的樣子。

不久，我又到小雪峰去過年，正月半才到承天寺來。

那時性願老法師也在承天寺，在起草章程，說是想辦什麼研究社。

不久，研究社成立了，景象很好，真所謂人才濟濟，很有一種難以形容的盛況。現在妙釋寺的善契師，南山寺的傳證師，以及已故南普陀寺的廣究師，……都是那時候的學僧哩！

研究社初辦的幾個月間，常住的經懺很少，每天有工夫上課，所以成績卓著，為別處所少有。

當時我也在那邊教了兩回寫字的方法，遇有閒空，又拿寺裏那些古版的藏經來整理整理，後來還編成目錄，至今留在那邊。這樣在寺裏約莫住了三個月，到四月，怕天氣要熱起來，又回到溫州去。

民國二十年九月，廣洽法師寫信來，說很盼望我到廈門去。當時，我就從溫州動身到上海，預備再到廈門；但許多朋友都說：時局不大安定，遠行頗不相宜，於是我只好仍回溫州。直到轉年（即民國二十一年）十月，到了廈門，計算起來，已是第三回了！

到廈門之後，由性願老法師介紹，到山邊岩去住；但其間妙釋寺也去住了幾天。

那時我雖然沒有到南普陀來住；但佛學院的學僧和教職員，卻是常常來妙釋寺談天的。

民國二十二年正月廿一日，我開始在妙釋寺講律。

這年五月，又移到開元寺去。

當時許多學律的僧眾，都能勇猛精進，一天到晚的用功，從沒有空過的工夫；就是秩序方面也很好，大家都嘖嘖的稱讚着。

有一天，已是黃昏時候了！我在學僧們宿舍前面的大樹下立着，各房燈火發出很亮的光；誦經之聲，又復朗朗入耳，一時心中覺得有無限的歡慰！可是這種良好的景象，不能長久的繼續下去，恍如曇花一現，不久就消失了。但是當時的景象，卻很深的印在我的腦中，現在回想起來，還如在大樹底下目睹一般。這是永遠不會消滅、永遠不會忘記的啊！

十一月，我搬到草庵來過年。

民國二十三年二月，又回到南普陀。

當時舊友大半散了；佛學院中的教職員和學僧，也沒有一位認識的！

我這一回到南普陀寺來，是准了常惺法師的約，來整頓僧教育的。後來我觀察情形，覺得因緣還沒有成熟，要想整頓，一時也無從着手，所以就作罷了。此後並沒有到閩南佛學院去。

講到這裏，我順便將我個人對於僧教育的意見，説明一下：

我平時對於佛教是不願意去分別那一宗、那一派的，因為我覺得各宗各派，都各有各的長處。

但是有一點，我以為無論哪一宗哪一派的學僧，卻非深信不可，那就是佛教的基本原則，就是深信善惡因果報應的道理——善有善報，惡有惡報；同時還須深信佛菩薩的靈感！這不僅初級的學僧應該這樣，就是升到佛教大學也要這樣！

善惡因果報應和佛菩薩的靈感道理，雖然很容易懂；可是能徹底相信的卻不多。這所謂信，不是口頭說說的信，是要內心切切實實去信的呀！

咳！這很容易明白的道理，若要切切實實地去信，卻不容易啊！

我以為無論如何，必須深信善惡因果報應和諸佛菩薩靈感的道理，才有做佛教徒的資格！

須知善有善報，惡有惡報，這種因果報應，是絲毫不爽的！又須知我們一個人所有的行為，一舉一動，以至起心動念，諸佛菩薩都看得清清楚楚！

一個人若能這樣十分決定地信着，他的品行道德，自然會一天比一天地高起來！

要曉得我們出家人，就所謂「僧寶」，在俗家人之上，地位是很高的。所以品行道德，也要在俗家人之上才行！

倘品行道德僅能和俗家人相等，那已經難為情了！何況不如！又何況十分的不如呢！……咳！……這樣他們看出家人就要十分的輕慢，十分的鄙視，種種譏笑的話，也接連的來了……

記得我將要出家的時候，有一位住在北京的老朋友寫信來勸告我，我知道他勸告的是什麼，他說：

「聽到你要不做人，要做僧去……」

咳！ ……我們聽到了這話，該是怎樣的痛心啊！他以為做僧的，都不是人，簡直把僧不當人看了！你想，這句話多麼厲害呀！

出家人何以不是人？為什麼被人輕慢到這地步？我們都得自己反省一下！我想：這原因都由於我們出家人做人太隨便的緣故；種種太隨便了，就鬧出這樣的話柄來了。

至於為什麼會隨便呢？那就是由於不能深信善惡因果報應和諸佛菩薩靈感的道理的緣故。倘若我們能夠真正生信，十分決定的信，我想就是把你的腦袋斫掉，也不肯隨便的了！

以上所說，並不是單單養正院的學僧應該牢記，就是佛教大學的學僧也應該牢記，相信善惡因果報應和諸佛菩薩靈感不爽的道理！

就我個人而論，已經是將近六十的人了，出家已有二十年，但我依舊喜歡看這類的書！——記載善惡因果報應和佛菩薩靈感的書。

我近來省察自己，覺得自己越弄越不像了！所以我要常常研究這一類的書，希望我的品行道德，一天高尚一天；希望能夠改過遷善，做一個好人；又因為我想做一個好人，同時我也希望諸位都做好人！

這一段話，雖然是我勉勵我自己的，但我很希望諸位也能照樣去實行！

關於善惡因果報應和佛菩薩靈感的書，印光老法師在蘇州所辦的弘化社那邊印得很多，定價也很低廉，諸位若要看的話，可託廣洽法師寫信去購請，或者他們會贈送也未可知。

以上是我個人對於僧教育的一點意見。下面我再來說幾樣事情：

我於民國二十四年到惠安淨峰寺去住。到十一月，忽然生了一場大病，所以我就搬到草庵來養病。

這一回的大病，可以說是我一生的大紀念！

我於民國二十五年的正月，扶病到南普陀寺來。在病牀上有一隻鐘，比其他的鐘總要慢兩刻，別人看到了，總是說這個鐘不準，我說：

「這是草庵鐘。」

別人聽了「草庵鐘」三字還是不懂，難道天下的鐘也有許多不同的麼？現在就讓我詳詳細細的來說個明白：

我那一回大病，在草庵住了一個多月。擺在病牀上的鐘，是以草庵的鐘為標準的。而草庵的鐘，總比一般的鐘要慢半點。

我以後雖然移到南普陀，但我的鐘還是那個樣子，比平常的鐘慢兩刻，所以「草庵鐘」就成了一個名詞了。這件事由別人看來，也許以為是很好笑的吧！但我覺得很有意思！因為我看到這個鐘，就想到我在草庵生大病的情形了，往往使我發大慚愧，慚愧我德薄業重。

我要自己時時發大慚愧，我總是故意地把鐘改慢兩刻，照草庵那鐘的樣子，不止當時如此，到現在還是如此，而且願盡形壽常常如此。

以後在南普陀住了幾個月，於五月間，才到鼓浪嶼日光岩去。十二月仍回南普陀。

到今年民國二十六年，我在閩南居住，算起來，首尾已是十年了。

回想我在這十年之中，在閩南所做的事情，成功的卻是很少很少，殘缺破碎的居其大半，所以我常常自己反省，覺得自己的德行，實在十分欠缺！

因此近來我自己起了一個名字，叫「二一老人」。什麼叫「二一老人」呢？這有我自己的根據。

記得古人有句詩：

一事無成人漸老。

清初吳梅村（偉業）臨終的絕命詞有：

一錢不值何消說。

這兩句詩的開頭都是「一」字，所以我用來做自己的名字，叫做「二一老人」。

因此我十年來在閩南所做的事，雖然不完滿，而我也不怎樣地去求他完滿了！

諸位要曉得：我的性情是很特別的，我只希望我的事情失敗，因為事情失敗、不完滿，這才使我常常發大慚愧！能夠曉得自己的德行欠缺，自己的修善不足，那我才可努力用功，努力改過遷善！

一個人如果事情做完滿了，那麼這個人就會心滿意足，洋洋得意，反而增長他貢高我慢的念頭，生出種種的過失來！所以還是不去希望完滿的好！

不論什麼事，總希望他失敗，失敗才會發大慚愧！倘若因成功而得意，那就不得了啦！

我近來，每每想到「二一老人」這個名字，覺得很有意味！

這「二一老人」的名字，也可以算是我在閩南居住了十年的一個最好的紀念！

（原刊《佛教公論》一卷九號，1937 年，
錄自《晚晴老人講演錄》，上海：大雄書店，1944 年）

我與弘一法師

豐子愷

——在廈門佛學會講

弘一法師是我學藝術的教師，又是我信宗教的導師。我的一生，受法師影響很大。廈門是法師近年經行之地，據我到此三天內所見，廈門人士受法師的影響也很大，故我與廈門人士不啻都是同窗弟兄。今天佛學會要我演講，我慚愧修養淺薄，不能講弘法利生的大義，只能把我從弘一法師學習藝術宗教時的舊事，向諸位同窗弟兄談談，還請賜我指教。

我十七歲入杭州浙江第一師範，廿歲畢業以後沒有升學。我受中等學校以上學校教育，只此五年。這五年間，弘一法師，那時稱為李叔同先生，便是我的圖畫音樂教師。圖畫音樂兩科，在現在的學校裏是不很看重的；但是奇怪得很，在當時我們的那間浙江第一師範裏，看得比英、國、算還重。我們有兩個圖畫專用的教室，許多石膏模型，兩架鋼琴，五十幾架風琴。我們每天要花一小時去練習圖畫，花一小時以上去練習彈琴。大家認為當然，恬不為怪，這是什麼原故呢？因為李先生的人格和學問，統制了我們的感情，折服了我們的心。他從來不罵人，從來不責備人，態度謙恭，同出家後完全一樣；然而個個學生真心的怕他，真心地學習他，真心地崇拜他。我便是其中之一人。因為就人格講，他的當教師不為名利，為當教師而當教師，用全副精力去當教師。就學問講，他博學多能，其國文比國文先生更高，其英文比英文先生更高，其歷史比歷史先生更高，其常識比博物先生更富，又是書法金石的專家，中國話劇的鼻祖。他不是只能教圖畫音樂，他是拿許多別的學問為背景而教他的圖畫音樂。夏丏尊先生曾經説：「李先生的教師，是有後光的。」像佛菩薩那樣有後光，怎不教人崇拜呢？而我的崇拜他，更甚於他人。大約是我的氣質與李先生有一點相似，凡他所歡喜的，我都歡喜。我在師範學校，一二年級都考第一名；三年以後忽然降到第二十名，因為我曠廢了許多師範生的功課，而專心於李先生所喜的文學藝術，一直到畢業。畢業後我無力升大學，借了些錢到日本去遊玩，沒有進學校，看了許多畫展，聽了許多音樂會，買了許多文藝書。一年以後回國，一方面當教師，一方面埋頭自習，一直自學到現在，對李先生的藝術還是迷戀不捨。李先生早已由藝術而昇華到宗教而成正果，而我還彷徨在藝術宗教的十字街頭，自己想想，真是一個不肖的學生。

他怎麼由藝術昇華到宗教呢？當時人都詫異，以為李先生受了什麼刺激，忽然「遁入空門」了。我卻能理解他的心，我認為他的出家是當然。我以為人的生活，可以分作三層：一是物質生活，二是精神生活，三是靈魂生活。物質生活就是衣食。精神生活就是學術文藝。靈魂生活就是宗教。「人生」就是這樣的一個三層樓。懶得（或無力）走樓梯的，就住在第一層，即把物質生活弄得很好，錦衣玉食，尊榮富貴，孝子賢孫，這樣就滿足了。這也是一種人生觀。抱這樣的人生觀的人，在世間佔大多數。其次，高興（或有力）走樓梯的，就爬上二層樓去玩玩，或者久居在裏頭。這就是專心學術文藝的人。他們把全力貢獻於學問的研究，把全心寄託於文藝的創作和欣賞。這樣的人，在世間也很多，即所謂「知識分子」、「學者」、「藝術家」。還有一種人，「人生欲」很強，腳力很大，對二層樓還不滿足，就再走樓梯，爬上三層樓去。這就是宗教徒了。他們做人很認真，滿足了「物質欲」還不夠，滿足了「精神欲」還不夠，必須探求人生的究竟。他們以為財產子孫都是身外之物，學術文藝都是暫時的美景，連自己的身體都是虛幻的存在。他們不肯做本能的奴隸，必須追究靈魂的來源，宇宙的根本，這才能滿足他們的「人生欲」。這就是宗教徒——世間就不過這三種人。我雖用三層樓為比喻，但並非必須從第一層到第二層，然後得到第三層。有很多人，從第一層直上第三層並不需要在第二層勾留。還有許多人連第一層也不住，一口氣跑上三層樓。不過我們的弘一法師，是一層一層的走上去的。弘一法師的「人生欲」非常之強！他的做人，一定要做得徹底，他早年對母盡孝對妻子盡愛，安住在第一層中。中年專心研究藝術，發揮多方面的天才，便是遷居在二層樓了。強大的「人生欲」不能使他滿足於二層樓，於是爬上三層樓去，做和尚修淨土，研戒律，這是當然的事，毫不足怪的。做人好比喝酒；酒量小的，喝一杯花雕酒已經醉了，酒量大的，喝花雕嫌淡，必須喝高粱酒才能過癮。文藝好比是花雕，宗教好比是高粱。弘一法師酒量很大，喝花雕不能過癮，必須喝高粱。我酒量很小，只能喝花雕，難以喝一口高粱而已。但喝花雕的人，頗能理解喝高粱者的心。故我對於弘一法師的由藝術昇華到宗教，一向認為當然，毫不足怪的。

藝術的最高點與宗教相接近。二層樓的扶梯的最後頂點就是三層樓。所以弘一法師由藝術昇華到宗教，是必然的事。弘一法師在閩中，留下不少的墨寶。這些墨寶，在內容上是宗教的，在形式上是藝術的——書法。閩中人士久受弘一法師的薰陶，大都富有宗教信仰及藝術修養，我這初次入閩的人，看見這情形，非常歆羨，十分欽佩！

前天參拜南普陀寺，承廣洽法師的指示，瞻觀弘一法師的故居及其手種楊柳，又看到他所創辦的佛教養正院。廣義法師要我為養正院書聯，我就集唐人詩句：「須知諸相皆非相，能使無情盡有情」，寫了一副。這對聯掛在弘一法師所創辦的佛教養正院裏我覺得很適當。因為上聯説佛經，下聯説藝術，很可表明弘一法師由藝術昇華到宗教的意義。藝術家看了花笑，聽見鳥語，舉杯邀明月，開門迎白雲，能把自然當做人看，能化無情為有情，這便是「物我一體」的境界。更進一步，便是「萬法從心」「諸相非相」的佛教真諦了。故藝術的最高點與宗教相通。最高的藝術家有言：「無聲之詩無一字，無形之畫無一筆。」可知吟詩描畫，平平仄仄，紅紅綠綠，原不過是雕蟲小技，藝術的皮毛而已。藝術的精神，正是宗教的。古人云：「文章一小技，於道未為尊。」又曰：「太上立德，其次立言。」弘一法師教人，亦常引用儒家語：「士先器識而後文藝。」所謂「文章」、「言」、「文藝」，便是藝術；所謂「道」、「德」、「器識」，正是宗教的修養。宗教與藝術的高下重輕，在此已經明示；三層樓當然在二層樓之上的。

我腳力小，不能追隨弘一法師上三層樓，現在還停留在二層樓上，斤斤於一字一筆的小技，自己覺得很慚愧。但亦常常勉力爬上扶梯，向三層樓上望望。故我希望：學宗教的人，不須多花精神去學藝術的技巧，因為宗教已經包括藝術了。而學藝術的人，必須進而體會宗教的精神，其藝術方有進步。久駐閩中的高僧，我所知道的還有一位太虛法師。他是我的小同鄉，從小出家的。他並沒有弄藝術，是一口氣跑上三層樓的。但他與弘一法師，同樣是曠世的高僧，同樣地為世人所景仰。可知在世間，宗教高於一切。在人的修身上，器識重於一切。太虛法師與弘一法師，異途同歸，各成正果。文藝小技的能不能，在大人格上是毫不足道的。我願與閩中人士以二法師為模範而共同勉勵。

（選自《弘一法師》，北京：文物出版社，1984 年）

以出世的精神，做入世的事業
紀念弘一法師

朱光潛

弘一法師是我國當代我所最景仰的一位高士。一九三二年，我在浙江上虞白馬湖春暉中學當教員時，有一次弘一法師曾遊到白馬湖訪問在春暉中學裏的一些他的好友，如經子淵、夏丏尊和豐子愷。我是豐子愷的好友，因而和弘一法師有一面之緣。他的清風亮節使我一見傾心，但不敢向他說一句話。他的佛法和文藝方面的造詣，我大半從子愷那裏知道的。子愷轉送給我不少的弘一法師練字的墨跡，其中有一幅是《大方廣佛華嚴經》中的一段偈文，後來我任教北京大學時，齋斗室裏懸掛的就是法師書寫的這段偈文，一方面表示我對法師的景仰，同時也作為我的座右銘。時過境遷，這些紀念品都蕩然無存了。

我在北平大學任教時，校長是李麟玉，常有往來，我才知道弘一法師在家時名叫李叔同，就是李校長的叔父。李氏本是河北望族，祖輩曾在清朝做過大官，從此我才知道弘一法師原是名門子弟，結合到我見過的弘一法師在日本留學時代的一些化裝演劇的照片和聽到過的樂曲和歌唱的錄音，都有年少翩翩的風度，我才想到弘一法師少年時有一度是紅塵中人，後來出家是看破紅塵的。

弘一法師是一九四二年在福建逝世的，一位泉州朋友曾來信告訴我，弘一法師逝世時神智很清楚，提筆在片紙上寫「悲欣交集」

四個字便轉入涅槃了。我因此想到紅塵中人看破紅塵而達到「悲欣交集」即功德圓滿，是弘一法師生平的三部曲。我也因此看到弘一法師雖是看破紅塵，卻絕對不是悲觀厭世。

我自己在少年時代曾提出「以出世精神做入世事業」作為自己的人生理想。這個理想的形成當然不止一個原因，弘一法師替我寫的《華嚴經》偈對我也是一種啟發。佛終生說法，都是為救濟眾生，他正是以出世精神做入世事業的。入世事業在分工制下可以有多種，弘一法師從文化思想這個根本上着眼。他持律那樣謹嚴，一生清風亮節會永遠嚴頑立懦，為民族精神文化樹立了豐碑。

中日兩國在文化史上是分不開的。弘一法師曾在日本度過他的文藝見習時期，受日本文藝傳統的影響很深，他原來又具有中國傳統文化的陶冶。我默祝趁這次展覽的機會，日本朋友們能回溯一下日本文化傳統對弘一法師的影響，和我們一起來使中日交流日益發揮光大。

（選自《弘一法師》，北京：文物出版社，1984 年）

著者簡介

梁啟超（1873–1929）

字卓如，一字任甫，號任公，又號飲冰室主人、飲冰子、哀時客、中國之新民、自由齋主人。清朝光緒年間舉人，中國近代思想家、政治家、教育家、史學家、文學家。戊戌變法（百日維新）領袖之一、中國近代維新派、新法家代表人物。

代表作品：《中國近三百年學術史》、《中國歷史研究法》等。

許地山（1893–1941）

名讚堃，字地山，筆名落華生。出生於台灣台南，成長於閩粵兩地。現代文學史上一位別具一格的小說家、散文家，在學術研究上亦頗有建樹。許地山一生創作的文學作品多以閩、台、粵和東南亞、印度為背景。

代表作品：《危巢墜簡》、《空山靈雨》、《道教史》等。

夏丏尊（1886–1946）

浙江紹興上虞人。名鑄，字勉旃，後改字丏尊，號悶庵。文學家、語文學家、出版家和翻譯家。開明書社創辦人之一，創辦《中學生》雜誌。一生致力於教育，矢志不渝。曾與魯迅先生等參加反對尊孔復古的「木瓜之役」。

代表作品：《白馬湖之冬》、《文藝論 ABC》等。

豐子愷（1898–1975）

浙江嘉興石門鎮人。原名豐潤，又名仁、仍，號子覬，後改為子愷，筆名 TK，以中西融合畫法創作漫畫而著名。其自幼愛好美術，後師從李叔同，也因此結緣佛學，故鄉居所命名「緣緣堂」。「一片片的落英，都含蓄着人間的情味。」（俞平伯評）

代表作品：《緣緣堂隨筆》、《畫中有詩》等。

魯迅（1881–1936）

浙江省紹興人。原名周樹人，字豫才，小名樟壽，至 38 歲，始用魯迅為筆名。文學家、思想家。1918 年發表首篇白話小説《狂人日記》，震動文壇。此後 18 年，筆耕不綴，在小說、散文、雜文、散文詩、舊體詩、外國文學翻譯及古籍校勘等方面貢獻卓著，創作的眾多文學形象深入人心。他的作品有不朽的魅力，直到今天，依然擁有眾多讀者。

代表作品：《朝花夕拾》、《吶喊》、《彷徨》等。

唐弢（1913–1992）

原名唐端毅，曾用筆名風子、晦庵等，生於浙江省鎮海縣。著名作家、文學理論家、魯迅研究家和文學史家。所著雜文思想、藝術均深受魯迅影響，針砭時弊，議論激烈，有時也含抒情，意味雋永，社會性、知識性、文藝性兼顧。

代表作品：《推背集》、《海天集》等。

朱自清（1898–1948）

祖籍浙江紹興，原名自華，字佩弦，號實秋。中國現代文學史上傑出的散文家、詩人。21 歲開始發表詩歌並出版詩集。27 歲時執教於清華大學，研究中國古典文學，創作則以散文為主。其散文名篇膾炙人口，是真正深入街頭巷尾的文學經典，被譽為「天地間至情文學」。

代表作品：《背影》、《你我》、《歐遊雜記》等。

馬南邨（1912–1966）

即鄧拓，原名鄧子健，筆名叫馬南邨、鄧雲特，福建閩侯人。當代傑出的新聞工作者、政論家、歷史學家、詩人和雜文家。

代表作品：《不求甚解》、《燕山夜話》等。

周作人（1885–1967）

原名櫆壽，字星杓，後改名奎綬，自號起孟、啟明、知堂等。魯迅之弟，周建人之兄。周作人精通日語、古希臘語、英語，並曾自學古英語、世界語。其致力於研究日本文化五十餘年，深得日本文學理念的精髓。其筆觸近似於日本傳統文學，以温和、沖淡之筆，把玩人生的苦趣。

代表作品：《藝術與生活》、《苦竹雜記》等。

廢名（1901–1967）

湖北黃梅人，原名馮文炳。20世紀中國文學史上最有影響力的文學家之一，曾為語絲社成員，師從周作人等，在文學史上被視為「京派文學」的鼻祖。廢名的小説、散文、詩歌都有極高的造詣。其獨特的創作風格人稱「廢名風」，對沈從文、汪曾祺及後來的賈平凹等都產生過影響。

代表作品：《竹林的故事》、《橋》、《莫須有先生傳》等。

徐志摩（1897–1931）

浙江海寧人，原名章垿，字槱森，小字又申，赴美留學前改名志摩。現代詩人、散文家，新月社發起人之一，曾任北大教授。除在新詩方面取得卓越成就外，文學創作還涉獵散文、小説、戲劇、翻譯等領域。

代表作品：《再別康橋》、《翡冷翠的一夜》等。

徐祖正（1895–1978）

江蘇崑山人。字耀辰，又作曜辰。作家、翻譯家、北大日語系的元老，教授過季羨林先生《文藝學概論》。被稱為「五四」運動時期的文壇勇士。在日本留學期間，和郁達夫、郭沫若等共同組織了創造社；回國後與魯迅、周作人成為莫逆之交，加入語錄社，與錢玄同、沈尹默、劉半農、俞平伯、張鳳舉等學者教授過從甚密。

代表作品：《蘭生弟的日記》等。

祖慰（1937–）

原名張祖慰，原籍江蘇。文學家、設計師，中央美術學院城市設計學院客座教授、同濟大學教授，曾任《歐洲日報》專欄作家、文化記者。作品反映現實，富有憂國憂民的情懷，同時又描寫出現代人在多元性文化結構中的心理，被稱為「怪味小説派」的代表作家。

代表作品：《蛇仙》、《啊！父老兄弟》等。

賈平凹（1952–）

原名賈平娃，陝西省丹鳳縣人。中國作家協會理事，現為西安建築科技大學人文學院院長。當代文壇屈指可數的文學大家和文學奇才，具有廣泛影響力。

代表作品：《秦腔》、《懷念狼》等。

汪曾祺（1920–1997）

江蘇高郵人士，京派作家的代表人物，師從沈從文等。被譽為「抒情的人道主義者，中國最後一個純粹的文人，中國最後一個士大夫」。他生於江南，居於京城，遍歷戰亂，飽嘗榮辱。卻用一生的沉澱，寫出至淡至濃的優雅與情致。

代表作品：《受戒》、《沙家浜》、《大淖記事》等。

楊度（1875–1931）

原名楊承瓚，後改名為楊度，字皙子，別號虎公、虎禪，又號虎禪師、虎頭陀、釋虎。出生於湖南省湘潭縣。是中國近代史上一個極富爭議性的人物，才華卓絕，抱負不凡，曠代逸才。

代表作品：《君憲救國論》、《湖南少年歌》等。

章太炎（1869–1936）

浙江餘杭人。原名學乘，字枚叔，後易名為炳麟。世人常稱之為「太炎先生」。清末民初民主革命家、思想家、著名學者，一代國學大師，研究範圍涉及小學、歷史、哲學、政治等，著述甚豐。學生中知名的包括黃侃、錢玄同、吳承仕、魯迅等。

代表作品：《國故論衡》、《章太炎醫論》等。

柳亞子（1887–1958）

江蘇蘇州人，原名慰高，字安如，號亞子。著名詩人，創辦並主持南社，作品流露強烈的愛國情。

代表作品：《磨劍室詩詞集》、《磨劍室文錄》等。

馮至（1905–1993）

原名馮承植，直隸涿州人。詩人、翻譯家、教授。馮至的詩歌、小說與散文均十分出色，魯迅先生曾稱譽他為「中國最為傑出的抒情詩人」。

代表作品：《昨日之歌》、《十四行集》等。

葉聖陶（1894–1988）

原名葉紹鈞，字秉臣，後字聖陶。江蘇蘇州人。著名作家、教育家、文學出版家和社會活動家，有「優秀的語言藝術家」之稱。他的散文或寫世抒情，或狀物記人，或議事説理，一般都有較為深厚的社會人生內容和腳踏實地的精神；藝術上則主要顯示出平淡雋永的情趣和平樸純淨的語言風格。

代表作品：《隔膜》、《腳步集》等。

弘一法師（1880–1942）

俗名李叔同，字息霜，別號漱筒。祖籍浙江平湖，生於天津。一生 63 載，半緣藝術半緣佛。在俗 39 年，集詩、詞、書畫、篆刻、音樂、戲劇、文學於一身，在多個領域，開近代文化藝術之先河；在佛 24 年，是佛教律宗的第十一世祖師，享譽海內外。其心靈修養與智慧方面的諸多作品都經久流傳，深入人心。

代表作品：《送別》、《三寶歌》等。

朱光潛（1897–1986）

筆名孟實。著名美學家、文藝理論家、教育家、翻譯家。安徽桐城人。他以深湛的研究溝通了西方美學和中國傳統美學，是現當代極負盛名並贏得崇高國際聲譽的美學大師。

代表作品：《談美》、《談美書簡》、《談修養》等。

課堂外的讀本系列

陳平原、錢理群、黃子平 編

1.	男男女女	魯　迅、梁實秋、聶紺弩　等	ISBN: 978-962-937-385-6
2.	父父子子	魯　迅、周作人、豐子愷　等	ISBN: 978-962-937-391-7
3.	讀書讀書	周作人、林語堂、老　舍　等	ISBN: 978-962-937-390-0
4.	閒情樂事	梁實秋、周作人、林語堂　等	ISBN: 978-962-937-387-0
5.	世故人情	魯　迅、老　舍、周作人　等	ISBN: 978-962-937-388-7
6.	鄉風市聲	魯　迅、豐子愷、葉聖陶　等	ISBN: 978-962-937-384-9
7.	説東道西	魯　迅、周作人、林語堂　等	ISBN: 978-962-937-389-4
8.	生生死死	周作人、魯　迅、梁實秋　等	ISBN: 978-962-937-382-5
9.	佛佛道道	許地山、周作人、豐子愷　等	ISBN: 978-962-937-383-2
10.	神神鬼鬼	魯　迅、胡　適、老　舍　等	ISBN: 978-962-937-386-3